HARLOTTE

vallaro

女子高生探偵 シャーロット・ホームズの冒険 ㊤

ブリタニー・カヴァッラーロ

入間 眞・訳

竹書房文庫

A Study in Charlotte
by Brittany Cavallaro

女子高生探偵シャーロット・ホームズの冒険　上

目次

主な登場人物

シャーロット・ホームズ……………女子高生探偵。シャーロック・ホームズの子孫。

ジェームズ（ジェイミー）・ワトスン……ワトスン博士の子孫。シェリングフォード高校ラグビー部員。

トーマス（トム）・ブラッドフォード……ジェームズのルームメイト。

リーナ……………………………………シャーロットのルームメイト。トムのガールフレンド。

リー・ドブスン…………………………シェリングフォード高校ラグビー部員。

エリザベス・ハートウェル……………シェリングフォード高校の生徒。

テッド・ホイートリー…………………創作文芸の教師。

ミセス・ダナム…………………………寮母。

ブライオニー・ダウンズ………………看護師。

ベン・シェパード………………………刑事。

ジェームズ・ワトスン・Sr.……………ジェームズの父。

マイロ・ホームズ………………………シャーロットの兄。

女子高生探偵　シャーロット・ホームズの冒険　上

ああいう人物が物語の中ではなく現実に存在するなんて、思ってもみなかったよ。

——『緋色《ひいろ》の研究』サー・アーサー・コナン・ドイル

第一章

ぼくが初めて彼女と会ったのは、シェリングフォード高校にありがちな平日の終わりなき夜がまたひとつ、終盤にさしかかったときだった。

真夜中をたぶん少しすぎたころ、ぼくは寮の部屋にいて、すでに数時間ほど肩を氷で冷やしていた。肩を痛めたのは、ラグビー部の練習試合が開始早々から荒れ模様だったせいだが、いずれこうなることは転校してきた最初の週から目に見えていた。ぼくの加入を歓迎するキャプテンの握手にはやたらと力が入っていて、そのままぼくを取って食うんじゃないかと思ったほどだった。シェリングフォード高校ラグビー部は、地区リーグで何年もシーズン最下位に甘んじている。キャプテンのクラインは、今年こそは絶対にちがうぞ、と妙に小粒な歯をむき出して笑いかけ、ぼくがチームの希望の星であることをわざわざ思い出させた。ぼくは、ラグビー部の救世主として転校してきたんだ。だからこそ学校は、ぼくの学費はもちろん、交通費の面倒まで見てくれる。長期休暇ごとに海を越えて母のいるロンドンに帰る身としては、たいへんありがたい。

ただ、大問題がひとつあって、それは、ぼくがラグビーなんか好きじゃないってこと。去年、ロンドンの高校にいたとき、試合でゴール前の密集《モール》から抜け出してたまたまチームを勝利に導いてしまったのが、そもそもまちがいのもとだった。ぼくが張りきってプレーしたのはあのとき一回きりで、その理由は単純に、二年間にわたってひそかに熱い思いを寄せていたローズ・ミルトンがスタンドで観戦していたからなんだけど、あとで聞いたところでは、同じスタンドに偶然にもシェリングフォード高校の体育部長がいたらしい。選手をスカウトしようと最前列に陣取っていたのだ。なんたってハイクーム高校ラグビー部は強豪チームだから。

もう、なにもかもすべてが最悪だ。

中でも、新しくチームメートになったウシみたいな連中のひどさといったら。

だいたい、ぼくはシェリングフォード高校そのものが好きになれない。なだらかに起伏する緑の芝生も、晴れわたった空も、ミッチェナー寮のぼくの部屋よりちっぽけに思える街の中心も。この街ときたら、カップケーキの店は四軒もあるくせに、カレーを食べられるまともな店が一軒もない。しかも、街の中心からたった一時間しか離れていないところに、父が住んでいる。父がいつ寮に訪ねてくるか、考えるだけでもぞっとする。ぼくにとっては、まさに脅威としか言いようがない。ぼくが十歳のときに離婚した母は、ぼくが父ともっと深く知り合うことをずっと望んでいるけれど。

でも、ぼくはロンドンが恋しい。暮らしたのはほんの数年間だったのに、まるで自分の手足をもがれたみたいに恋しい。コネチカット州に行くのは故郷に帰るようなものよ、というのが母の主張だけど、ぼくにしてみれば、こぎれいな刑務所に送られるのと変わらない。

これだけ説明すれば、わかってもらえると思う。あの九月に、もしもぼくがシェリングフォードの校舎に火をつけて、炎上するのを薄笑いで見物していたとしても、けっしておかしくはなかったと。とはいえ、たとえこんなみじめな場所でも、シャーロット・ホームズだけは友だちになってくれるだろうと、まだ一度も彼女と会ったことがないのに、ぼくは確信していた。


「ってことは、きみはあのワトスン？」

ミッチェナー寮でぼくと同室のトムは顔を輝かせ、ふだんのアメリカ中西部訛《なま》りをへんてこなロンドン訛りに切り替えた。

「わが親愛なるワトスン、来てくれたまえ！　きみの助けが必要なのだよ！」

部屋が狭いから、ぼくが立てた中指がもう少しでトムの目を突くところだった。

「まったくきみの才能には脱帽だよ、ブラッドフォード。そんなセリフ、どこで仕入れてきた？」

トムはブレザーの下にいつも着ているアーガイルのニットベストのポケットに両手を突っこんだ。虫食い穴を通して見える右手の親指が、興奮のあまり落ち着きなく動いている。

「ともかくさ、これって完璧じゃん。だって、今日のパーティ会場はローレンス寮だぜ。主催するのは、ウォッカをいつも姉貴から差し入れてもらってるリーナ。で、リーナの同室の子はだれか知ってるだろ」

トムは眉毛をぴくぴく動かした。ぼくは思わず本をぱたんと閉じた。

「くっつけようなんて気を起こすなよ。ぼくと、そのぼくの……」

「ソウルメイト？」

それを聞いてぼくは凶暴な顔つきになったにちがいない。トムはなだめるように両手を肩に置いてきて、ゆっくりと言った。

「シャーロットときみをくっつけようなんて考えてないよ。きみを飲みに連れ出したいんだ」

シャーロットとリーナが選んだパーティ会場は、ローレンス寮の地下。トムが請け合ったとおり、寮母の目を盗むのは苦もなかった。それぞれの寮には各階のフロアリーダーとは別に、近隣に住む年配女性が寮母として配置され、受付デスクにひかえている。彼女たちは郵便物を仕分けしたり、誕生日のケーキを手配したり、ホームシックにかかった子の相談に乗ったりするだけでなく、生徒たちを監督して寮の規則を守らせる役目も担うが、ローレンスの寮母は勤務中に居眠りをすることで有名なんだそうだ。

パーティは地下の炊事場で開かれていた。そこにはたくさんの皿や鍋、ちょっとした四つ口ガスレンジまであったが、どういうわけか取っ手つきの鍋はひとつ残らずへこんでいた。戦争でヘルメット代わりにかぶったみたいだ。どうにか部屋に入って、ぼくが後ろ手でドアを閉めたとき、トムはガスレンジに身体を押しつけてしまい、油っぽいつまみがニットベストに三日月形の汚れをつけた。タンブラーをぶら下げて持っていた女の子がそれを見て小さく笑い、それから仲間のほうに顔を戻した。パーティの参加者は三十人以上いるようで、狭い部屋はぎゅうぎゅうづめだった。

トムはぼくの腕をつかみ、小さな炊事場の奥を目指して人波をかき分け始めた。暗い衣装ダンスの奥にある酒臭いナルニア国に引っぱりこまれていく気分だ。

「あれは街の密売人。クスリを売ってる。あっちはシューマー知事の息子。クスリを買ってる」

トムが小声で教えてくれた。ぼくは上の空で聞いていた。

「向こうに女の子がふたりいるだろ？　あの子たちはイタリアでサマるんだってさ。〝夏《サマー》〟を動詞として使うんだぜ。ふたりともパパが海洋掘削事業をやってるんだ」

ぼくは片方の眉を上げてトムを見た。

「なんだよ。おれは貧乏人だから、そういう情報に敏感なんだ」

今のが冗談だとしたら、いまいちだ。ニットベストに穴こそあいているが、トムは見たことがないほど薄型のノートパソコンを部屋に持っている。

「だろうね、きみは貧乏だよ」

「相対的に、だけどな。きみとおれは上流と中流の中間の階級なんだ。粗野な田舎者ってとこさ」

パーティは騒がしくて混み合っていたけれど、トムはぼくを部屋の突き当たりの壁まで連れていく気らしい。煙草《たばこ》の煙の向こうから耳慣れない声が聞こえてきたとき、やっとその理由がわかった。

「ポーカーはテキサス・ホールデム方式。参加したければ、五十ドル出して」

ハスキーだけど、バッカス祭で飲んだくれて演説するギリシャ人哲学者みたいに明瞭に通る声だ。

「代わりにあんたの魂でもいいわよ」

別の声が言った。そっちはハスキーじゃない。ぼくたちの前にいた女の子たちが笑った。トムがにやにやして振り向いた。

「今のがリーナ。あっちがシャーロット・ホームズ」

最初に見えたのは、シャーロットの髪だった。黒くつややかで、まっすぐ肩までたれている。チップをかき集めようとテーブルにかがんでいたので、顔は見えなかった。どんな顔かは重要じゃない、と自分に言い聞かせた。ぼくが彼女に気に入られるかどうかも、たいした問題じゃない。今から百年ちょっと前、ここから大西洋を隔てた国で、別のワトスンと別のホームズが親友だったのは事実じゃないか。どんな時代でも、人と人は親友になる。この学校でも親友たちはいっぱい存在するはずだ。数十人も、数百人も。たとえ、ぼくにはひとりもいないとしても。

彼女が急に身を起こした。不敵な笑みが見えた。青白い顔色のせいか、眉の黒い線がはっとするほど際立ち、その下にはグレーの目と、すっと通った鼻筋。全体的に血の気がなくて近寄りがたい雰囲気なのに、思いがけず美しかった。それは、女の子に対してふつうに感じる美しさというより、光を放つナイフを見て手を伸ばしたくなる感覚に近かった。

「ディーラーはリーナに交替」

シャーロットがそう言って背を向けた瞬間、彼女の訛りに気づいた。彼女もぼくと同じくロンドンから来たということを、今さらながらに思い出した。一瞬、ひどい郷愁の念に襲われ、チャーチルみたいな声で朗々と電話帳を読み上げてくださいと、彼女の足元で懇願する醜態をさらしてもいいとさえ思った。あんな細身の女の子からそんな声が出るわけないのに。

トムがテーブルに着き、目の前に五枚のチップ（近くでよく見るとブレザーの真鍮《しんちゅう》ボタンだ）を放り出すと、大げさに両手をこすり合わせた。

ぼくは、ここで気のきいたひと言を言うべきだった。シャーロットの隣にすわりながら、へんてこで、笑えて、ちょっとぞくっとするようなひと言を小声で言う。それを聞いたとたん、彼女はさっと顔を上げて思う。この男の子のことをもっと知りたい、と。

そんなひと言は、頭に浮かびもしなかった。

ぼくは尻尾を巻いて退散することにした。

何時間かたってから、トムは手ぶらで部屋に戻ってきて、「彼女に身ぐるみはがされた。次は取り返してやる」と明るく笑った。彼によると、シャーロットは一年前にここに入学して以来、ポーカー大会を毎週開いているらしい。そこにリーナがウォッカを持ちこむようになったことで、大会の知名度がぐんと上がったそうだ。

「たぶんシャーロットの稼ぎもぐんと上がっただろうな」

その後の数週間、ぼくは午前中の授業で居眠りばかりしていて、昼までの時間が目の前からぱっと消えてくれないかと心から望んでいた。一番眠いのは一時間目のフランス語だ。先生は赤いサスペンダーを着けた独裁者、ムッシュー・カン。ワックスで固めたあの口ひげを見たら、剝製《はくせい》職人は壁に飾りたくなるだろう。ぼく以外の生徒は、ほとんどが新入生のときからこの朝イチの授業を受けている。始業前のひととき、彼らは友人のそばにすわって、前の晩がどんなだったか情報を交換するのに忙しい。ぼくには友人がいない。だから、空いているふたり用の机をひとりで占領し、始業ベルが鳴るまで眠気と戦うことになる。

「あの子、ゆうべ五百ドルも稼いだんだって」

ぼくの前にすわった子が赤毛をポニーテールに結びながら言った。

「きっとネットでこっそり練習してるのよ。ずるいよね。お金に不自由なんかしてないのに。だって家族は貴族なんでしょ?」

「目をつぶって」隣の子が、赤毛の子の顔にそっと息を吹きかけた。

「まつげがついてた。そうそう、あたしも聞いたことある。ママが公爵とかだって。でも、どうでもいいよ。お金はどうせあの子の鼻の中に消えちゃうんだから」

　赤毛の子が驚いた顔をした。

「あたしは腕の中に消えるって聞いたけど」

「あの子に言ったら、売人を紹介してくれるかな?」

　いっぺんに眠気が吹き飛んだ。ベルが鳴り、ムッシュー・カンが「おはよう《ボンジュール》、生徒諸君《メプティット》」と入ってきたときにぼくが完全に目を覚ましているなんて、この数週間で初めてのことだった。

　その日の午前中は、ふたりの会話の内容とその意味についてずっと考えていた。つまり、シャーロット・ホームズについて。なぜなら、ふたりが話していた〝あの子〟とは、彼女以外にありえないから。ランチタイムの中庭に出て、行きかう生徒たちを右へ左へとよけながら歩いているときも、まだ彼女のことを考えていた。

　そのとき、なんと当の本人と出くわした。中庭は大勢の生徒でごった返していたから、鉢合わせしても不思議はないが、彼女はまるで見えないドアからぼくの目の前に出現したみたいだった。

　ぼくは彼女と衝突するようなヘマはしなかった。それほどまぬけじゃない。でも、たがいに急停止したぼくたちは、相手に道を譲ろうとして同じ方向に動く、あのいたたまれない行為を始めてしまった。ついに、ぼくはあきらめた。そんなに広くないキャンパスだし、永遠に彼女と会わずにいるなんてできっこない。とにかく挨拶ぐらいはしたほうが……。

ぼくは右手を差し出した。

「ごめん。まだ会ってなかったと思うけど、ぼくはジェームズ。転校してきて間もないんだ」

彼女はぼくの右手を見下ろして眉をひそめた。魚か手榴弾《しゅりゅうだん》を差し出されたみたいに。十月初めといっても、晴れて暖かい日だったから、生徒のほとんどは制服のブレザーを脱いで、肩にかけたり腕に引っかけたりしている。ぼくも自分のをバッグに入れ、ネクタイをゆるめて歩いていたけれど、シャーロット・ホームズはまるでエチケットについて講演でもするみたいに一分の隙もなくブレザーを着ていた。女子生徒はたいていプリーツスカートをはくのに、彼女は濃紺の細身のパンツ姿だ。白いオックスフォードシャツのボタンを首まできっちりはめ、リボンタイはスチームを当てたみたいにしわひとつない。すごく近い距離だから、香水じゃなく石けんみたいなにおいがして、洗顔してそのまま出てきたと思うほど化粧っけがないこともわかった。

彼女が怪しむように目をすがめなかったら、ぼくは何時間でも彼女のことを見つめていただろう。なんといっても、これまでの人生で折にふれて空想していた女の子なんだから。

彼女の目つきに、ぼくは自分が悪いことをしたみたいにたじろいだ。

「わたしはホームズ」

　ようやく彼女はあのすてきなハスキーボイスで言った。

「といっても、きみはすでに知っているよね」

　握手に応じる気配はない。ぼくは差し出した手をポケットにしまい込んだ。

「知ってるよ。で、きみもぼくがだれだか知った。ちょっと気まずいけど、ぼくたちは……」

「だれにけしかけられて来た？　ドブスンか？」

「リー・ドブスンのこと？」

　ぼくは困惑してかぶりを振った。

「ちがうよ。けしかけられて、ぼくがなにをするんだ？　きみがこの学校にいることは前から知ってた。ホームズ家がきみをシェリングフォードに入学させたって、母から聞いてたから。母はきみのアラミンタ叔母さんと知り合いなんだ。チャリティで出会ったんだよね。《最後の挨拶》の原稿にふたりでサインを入れたときだよ、白血病患者かなにかの支援で。あのときから、ふたりはメールのやり取りを続けてる。きみはぼくと同じ学年？　ぼくは知らないんだ。でも、生物学の教科書を持ってるところを見ると、きっと同じ二年生なんだね。演繹的《えんえきてき》推理ってわけさ。あ、この話はしないほうがいいか」

ぼくは、ばかみたいにしゃべり続けた。実際、自分でもばかみたいだと思っていた。彼女は身じろぎもせずに、まるで蠟人形《ろうにんぎょう》みたいに直立しているだけ。いかにも自由で自信たっぷりにパーティの夜を仕切っていた女の子と、とても同一人物とは思えない。あれからなにかあったんだろうか。それでも、ぼくのおしゃべりは彼女の気分を落ち着かせたようだ。笑えないし、ウィットにも富んでないし、ぞくぞくもしない話だけど、彼女の肩から力が抜け、その目から鋭い悲しみのようなものが消えていった。

ぼくが息つぎのために言葉を切ったとき、彼女が言った。

「もちろん、きみのことは知っている。アラミンタ叔母から聞いているから。言うまでもなくリーナからも。こんにちは、ジェイミー」

小さくて色白の手を伸ばしてきたので、ぼくは握り返した。

「でも、ぼくは人からジェイミーって呼ばれるのは嫌いなんだ。だから、ワトスンのほうがまだいいな」

ホームズは唇を結んだまま、にやりとした。

「わかった。では、ワトスン。昼食の時間だから、これで」

まるで解雇を通告された気分だった。ぼくは失望を押し隠して言う。

「そうだね。ぼくも行かなきゃ。トムに会うんだ」

「それじゃ、また」

彼女はぼくの身体を巧みに迂回《うかい》して歩きだした。

これっきりになるのはいやだと思い、ぼくは呼び止めた。

「ぼくがなにかした？」

ホームズは表情の読み取れない顔を肩ごしに向けてきた。

「ホームカミングのイベントが来週末にある」

そっけなく言うと、彼女はそのまま歩いていってしまった。

みんなが言うには――言っているのは母だけど――シャーロットはいかにもホームズ一族の典型らしい。母は褒めているわけじゃない。これまでのぼくの話を聞けば、だれもがホームズ家とワトスン家にはつき合いがないと思うだろうし、ぼく自身もやはり両家は疎遠だと思っている。だけど、母はスコットランド・ヤードの資金集めイベントやエドガー賞の晩餐会《ばんさんかい》に出席しては、ホームズ一族のだれかと顔を合わせている。ひいひいひいおじいちゃんの著作権代理人であるアーサー・コナン・ドイルに関係するオークションでアラミンタ叔母さんに会ったのも、そのひとつだ。

ぼくにとっては、ホームズ家の中でただひとり年齢の近い女の子のことを考えるのがお気に入りで、子どものときなどは、いつか彼女と出会い、ともに数々の冒険を繰り広げるんだと思っていた。でも、母は理由も言わずに、ぼくにそんな思いを捨てさせようとした。シャーロット本人のことはなにひとつ知らないけれど、彼女が十歳のときに警察の協力要請に応じて最初となる事件を手がけたことは知っている。彼女の助けで取り戻すことができたダイヤモンドは、三百万ポンドもの価値があったらしい。その話は、父が週に一度の電話のときに、ぼくの気を引こうとして聞かせてくれた。父の努力は報われなかったけれど、その話は父の思惑とはちがう形でぼくに作用した。

それから何ヵ月も、ぼくはダイヤモンド強盗のことを夢想した。そこで、ぼくは信頼できる相棒として、いつでも彼女のそばにいた。ある夜には、天窓から彼女をつり下げてスイスの銀行に侵入させた。ぼくがロープで支えていなければ、彼女は罠《わな》の仕掛けられた床に落ちてしまう。次の夜には、ロシア語で怒鳴り合う黒マスクのならず者たちに追われて暴走列車の中を疾走した。

新聞の一面で絵画盗難事件の記事を読んだときは、シャーロット・ホームズとふたりで事件を解決する、と母に宣言した。母はぼくをさえぎって、こう言った。

「ジェイミー、十八歳になる前に一度でもそんなまねをしようものなら、あなたが寝ているあいだに宝物の本を一冊残らず売り払ってしまうわよ。手始めにニール・ゲイマンのサイン本から」

離婚する前、父がよく言っていた。「おまえの母さんは、結婚でワトスン家の人間になっただけだからな」と。そして、当てつけるように眉を上げるのだ。

ホームズ一族について母とまともに話したのは、ぼくが転校で家を出る直前の一回きりだ。そのとき、ぼくたちはシェリングフォード高校のことを話し合っていた。実際には、いかにぼくが新生活を気に入るかを母が一方的に話し、その横でぼくは無言で荷造りしながら、窓から飛び降りたら確実に死ねるのか、それとも両足を骨折するだけか、と考えをめぐらせていたんだけど。ひとしきりしゃべった母が、新しい学校にどんな期待をしているかをぼくの口から言わせようとしたので、ぼくは母を困らせるために（実は本心だったけれど）こう答えた。やっとホームズ一族の相棒に会えるかと思うと興奮するし、不安でもあると。

母はその返事が気に入らなかったらしい。

「あなたのひいひいひいおじいさまにとって、あの男がどれほど耐えがたい存在だったか、だれも知らないのよ」

「シャーロックのこと?」

ぼくは聞き返した。少なくともその話題はもう高校のことじゃなかった。

母はわざとらしく咳払《せきばら》いした。

「ずっと思っていたの。ひいひいひいおじいさまは、きっと退屈だっただけだって。ビクトリア時代の紳士だし、刺激的なことなどほとんどないものね。でも、ふたりの友情は一方通行だったとしか思えない。ホームズ一族はふつうではないんですもの。あの家では子どもが生まれると、今でも赤ん坊のうちから推理法をたたき込むのよ。友だちを作らないように仕向けるとも聞いているわ。そんなふうに子どもを育てるのは、とうてい健全とは言えない。アラミンタはまあいい人だと思うけれど、でも、わたしは彼女と暮らしているわけではないものね。人のよいワトスン博士にとって、あの男との同居生活がどんなだったか、わたしには想像もできないわ」

ぼくはラグビー用具を見つけようとクローゼットをかき回しながら言った。

「別にあの子と結婚するわけじゃないよ。どんな子か、一度会ってみたいだけだよ。それだけ」

「あの子は一族の中でも輪をかけてふつうじゃないって聞いているわ。アメリカに追いやられたのも、なにか理由があってのことよ」

ぼくは当てつけがましくスーツケースを見下ろした。

「確かに、アメリカに行かされるのはご褒美じゃないよね」

「あなたのためにも、すてきな子だといいけど。くれぐれも向こうでは無茶をしないこと。彼女みたいな子と親しくなるようなことだけはね」

認めたくはないけれど、母がまちがうことはめったにない。シェリングフォードへの転校はひどい思いつきではあるものの、その根本思想は理解できる。そもそも母がハイクーム高校のばか高い学費を払ってくれていたのは、ぼくが作家になりたいと言ったからだ。ハイクームでは何人かの有名小説家が講座を持っている。シェリングフォード高校は、明らかな欠点がある（コネチカット州だし、父がいる）けれど、ハイクームと同等かそれ以上の文学カリキュラムを持っている。しかも、やる気十分のラガーマンとしてときどき活躍を印象づけさえすれば、学費はいらないと言ってくれたのだ。

シェリングフォードに来てから、作家になる夢はだれにも話していない。まだ自信がなくて、作品を他人に見せることに二の足を踏んでしまう。ワトスン博士の子孫だとわかったら、どうしたって比較されるだろうから、書いたものは細心の注意で隠していた。だから、あの日のランチタイムに、もう少しで作品を見られそうになったときは肝を冷やした。

ぼくとトムはサンドイッチを食べたあと、中庭のはずれまで行き、何人かのミッチェナー寮生とともにトネリコの木陰に腰をおろした。トムはガムを捨てる紙がほしくて、ぼくのバッグの中をかき回し始めた。ぼくは自分のものを勝手にいじられるのが好きじゃないけれど、トムのふるまいがまるでハイクーム高校時代の友人みたいだったので、そのままやらせておいた。

「一枚破っていいか？」

トムがバッグから取り出したのは、ぼくのノートだった。

とっさに奪い取ることだけは、なんとか思いとどまった。ぼくは無関心を装いつつ「いいよ」と答えた。

パラパラとページをめくっていたトムの手が次第にゆっくりになった。「へえ」と興味を示したので、ぼくは警告の目配せを送ったけれど、彼はこっちを見ていなかった。

寮生のひとりがきいた。

「なにが書いてある？　愛のポエム？　エロ小説か？」

同じ寮のドブスンが言った。

「下ネタの五行詩だろ」

本当はぼくの日記で、今にもそれを読み上げるかのようにトムが咳払いした。

「ちがう。きみのママの絵だ」

ぼくはそう言ってノートを奪った。トムに白紙ページを破ってやりつつ、確実に膝の下に押しこんで隠す。

「これは単なる日記だよ。自分のメモとか、そんなもんさ」

「おまえ、中庭でシャーロット・ホームズと話してただろ。あいつのことを書いてんのか？」

ドブスンの言葉に、ぼくは「まあね」と肩をすくめてみせた。ドブスンの声にひそむ意地の悪い響きが気に入らなかったけど、ここでむきになって反応したら相手の思う壺だ。

ドブスンと同室の赤ら顔のランドール――ぼくと同じラグビー部員だ――が彼をちらっと見てから、秘密を打ち明けるようにこっちへ顔を寄せてきた。

「おれたち、去年からあのくるみ女の殻を割ろうとしてんだ。あいつ、イケてるだろ。パンツもぴちぴちだしな。けど、出歩くのはポーカーのときだけだし、酒も飲まない。好きなのはきついやつをキメることだけなんだ。それもひとりで」

「ドブスンたちはＰＵＡを試してる」

トムが暗い顔で言い、ぼくがぽかんとしているのを見ると、説明を加えた。

「ＰＵＡってのはナンパ術（ピックアップ・アーティストリー）のこと。女の子の気を引く手口のひとつだよ。相手を褒めながらけなすみたいな。たとえば、ドブスンはずっとこんなふうに言い寄ってる。おまえを好きなのはおれしかいない、とか、みんなはおまえをダサいヤク中だと思ってるがおれはジャンキー顔の子が好きなんだ、とか」

ラッセルが笑って言った。

「少なくともおれの役には立たない。やりかたを変えてるとこだ。一年生たちに試したか?　やらないほうがうまくいくぞ」

ドブスンがにやにやしながら答えた。

「おまえはな。おれはくるみを割ったぜ。あいつ、またなんでもおれの言いなりになるだろうな。おれはイケてるデート相手だから」

嘘つきめ。ぼくは静かに言った。

「もう黙れ」

「なんだと?」

怒りモードに入ると、ぼくの英国訛りは、まるでイギリス人のパロディみたいにきつくなる。逆上していたぼくは、おそらく女王さまみたいなアクセントだっただろう。

「もういっぺんでも言ったら、ぶち殺す」

撤回できないひと言が自分の口から飛び出したとたん、重力が消えて大地が地の底まで落ちるような興奮と快感が押し寄せてきた。こうなるともう、くそ野郎の顔をぶん殴らないとおさまらない。

ぼくがラグビーをやる理由はこれだ。スクールカウンセラーが〝突発的で無分別な他人への攻撃行動〞と呼ぶぼくのふるまいには、〝合理的なはけ口〞が必要なのだそうだ。父はそれを〝たまにほんの少し骨のあるやつになる方法〞と呼んで、うれしそうにくすくす笑っていたっけ。ハイクーム校でも、その前のコネチカット州の公立学校でも、喧嘩《けんか》はだいぶしたけれど、ぼくは父とはちがってそれを誇らしい気分で思い出したりはしない。喧嘩のあとは決まって自己嫌悪を覚え、自分を恥じた。むかつくことを言われると、ふだん仲よくやってるクラスメートにさえ、ついこぶしを振り上げてしまうから。

でも、ドブスンが跳ね起きて殴りかかってきたとき、こいつにだけは自分を恥じたりするものかと思った。ランドールが後ろからドブスンのシャツを引っぱり、必死の形相で止めようとした。いいぞ、つかまえて逃がすなよ、と思いながら、ぼくはドブスンのあごにパンチをぶち込んだ。やつの頭はがくんとのけぞったが、こっちをまた見たときにはうすら笑いを浮かべていた。ドブスンが荒い息で言う。

「おまえ、あいつの彼氏かよ。シャーロットはゆうべ、おれにそんなこと言わなかったぜ」

背後で叫び声が上がった。ホームズの声みたいだ。寮生のだれかがぼくの片腕を引っぱった。一瞬そちらに気を取られたとき、ドブスンがランドールの手を振りほどいて飛びかかってきて、ぼくは芝生に倒されてしまった。列車並みの図体をしたやつに膝で胸を押さえつけられては、身動きどころか息もできない。ドブスンは顔を近づけて「なにさまのつもりだ、てめえ」とすごみ、ぼくの目を狙って長くゆっくりと唾をたらしてきた。それから顔面を続けざまに殴ってきた。

怒号を切り裂くようにぼくの名前を呼ぶ声が聞こえた。

ホームズだ。ものすごく遠くで叫んでいるみたいだった。

「ワトスン！　いったいなにごとだ？」

こんな経験、ぼく以外にはないかもしれない。空想の友だちがリアルな存在になるなんて。いや、完全にリアルとは言いきれなくて、ぼくの中では半ば幻みたいな存在だ。でも、ぼくと彼女は泥だらけの手をつないでロンドンの下水道の中をいっしょに走った仲だ。国家機密を盗んだせいで秘密警察シュタージに追跡され、アルザス・ロレーヌ地方の洞窟に何週間も身を隠したこともある。小さな赤いバレッタに内蔵されたマイクロチップに機密情報を隠す、という設定がぼくのお気に入りだった。彼女はそのバレッタでブロンドの髪をとめていた。あのころは髪の色も想像の域を出ていなかった。

本当を言うと、ぼくはあいまいなままのほうが好きだ。現実と虚構が境界線でせめぎ合うほうがいい。ドブスンが卑劣なことを言ったとき、ぼくが飛びかかったのは、彼がホームズを無理やり現実世界に引きずりこんだからだ。だれもが中庭にゴミを散らかし、トイレに行くために会話を中断し、自分と寝てくれないという理由でくそ野郎が女の子をいじめるような、この現実世界に。

　ドブスンをぼくから引き離すには四人がかりだった。その中には、がたがた震えるトムもいた。ぼくが芝生に横たわったまま目にかかった唾をぬぐっていると、目の前に黒い影がかぶさってきた。

「起きて」

　ホームズが言った。ぼくに手を貸そうとはしない。

　周囲には見物人の輪ができていた。できないほうがおかしい。立ち上がってみると、足が少しふらついたものの、ほとばしるアドレナリンのせいで痛みは感じない。ぼくは「やあ」とまぬけな挨拶をしながら、鼻血をぬぐった。

　ホームズは少しのあいだぼくを見てから、ドブスンに顔を向け、いやにゆっくりした口調で告げた。

「ああ、ベイビー、きみがわたしのために殴り合うとはね」

　周囲でわずかに笑いが起きた。仲間たちに制止されているドブスンの激しい息づかいは、芝生で寝ているぼくの耳にも届いた。

「これできみは、わたしを勝ち取ったわけだ。わたしはこの場に身を投げ出して、足を開くことになるのだろうね。それとも、きみが相手にするのは、薬物で意識を失った女の子たちだけか？」

はやしたて、あざける声。ドブスンは怒ったというよりショックを受けたようで、仲間に抱えられた身体から力が抜けた。ぼくがこらえきれずに笑い声をもらすと、ホームズが振り向いて見下ろしてきた。

「きみにも言っておく。きみはわたしの彼氏ではない」

ゆっくりした口調はすっかり影をひそめていた。

「そんなびっくりした目をしても、彼氏になりたがっているのは隠しようもない。わたしの身辺をうろついたり、わたしと話すときにその人さし指がぴくぴく動くところを見ればね。わたしの〝名誉〟を守る気でいるのかもしれないが、きみのやっていることは彼と同じくらいひどい」

親指がドブスンのほうに向けられる。

「わたしのために戦ってくれる人間などいらない。わたしは自分で戦えるから」

だれかが口笛を吹き、ゆっくり拍手し始めた生徒もいたが、ホームズは表情ひとつ変えない。教師が何人かやってきて、やがて学生部長も姿を見せた。ぼくは質問を浴びせられ、止血用の包帯を手渡され、また質問を浴びせられた。そのあいだ、ずっとひとつの言葉が反復するのを止められなかった。保健室でシャツを血に染めながら、退学処分でロンドンの家に帰されるかどうかの決定を待つあいだも、その言葉だけが頭の中で鳴り響いていた。

〝きみのやっていることは彼と同じくらいひどい〟

ホームズの言ったことは絶対的に正しい。

でも、彼氏になりたいなんて思ったことは一度もない。ぼくがなりたいのは、もっとささやかで、もっともっと大きいものだ。今はまだうまく言葉にできないけれど。

それからしばらくして、ぼくはまたシャーロット・ホームズを探し回ることになった。リー・ドブスンが殺されたからだ。

第二章

騒がしく叫ぶ声が聞こえてきたのは、夜明け近くだった。

初めは夢の中で意識された。怒り狂った暴徒の叫び声として。手に手にたいまつや干し草フォークを持った群衆が、満天の星空の下、ぼくを追ってくる。ついに納屋に追いつめられてしまい、身を隠す場所といったら、えさを反芻《はんすう》しているウシの後ろしかない。

精神分析医じゃなくても夢の意味はわかる。それまでまったく無名だったぼくは、ドブスンと取っ組み合いを演じたあと、すっかり校内の有名人になってしまった。ぼくを個人的に知りもしない人間でさえ、急にぼくについてあれこれ語るようになった。ドブスンのことをよく言うやつはあまりいない。あいつは脳みそが筋肉だし、女の子に意地が悪いから。それでも、あいつには首の太い取り巻き連中がいて、ぼくが食堂ホールに入っていくと、その存在を誇示してくる。トムは内心わくわくしていたみたいだ。ゴシップはシェリングフォード高校で一番好まれる通貨だから、王室宝物殿の鍵を手に入れたみたいに思っていたのだろう。

でも、ぼくの生活は、それ以前と大差なかった。シェリングフォードはあいかわらず居心地が悪いというか、それ以上の場所だ。ぼくがフランス語のクラスに顔を出すと、急に教室が静まりかえる。

ある朝、科学実験棟の外で一年生の女の子からホームカミングのダンスパーティに誘われた。彼女がどもりながら話すのを、その友人たちがくすくす笑いを噛《か》み殺しながら後ろで見守っていた。小柄で金髪のちょっとかわいい子だったけど、ぼくはイベント参加を許可されていないと答えておいた。これはまったくの嘘じゃない。学校はぼくに、一ヵ月のあいだ参加してはいけない学校行事を列挙して通達してきた。学生クラブも、街に出ることも、ラグビーの部活もだめ（ありがたいことに奨学金はちゃんとくれる）。それなのに、なぜかダンスパーティに関しては禁止するのを忘れたらしい。殴られた鼻を保健室で診てくれた看護師は、軽い罰ね、と言った。ぼくからすれば、こんなのは罰でもなんでもない。

取っ組み合いのあと、どこかにホームズがいないかと、ぼくはずっと注意を払っていた。もし顔を合わせても、なにを言ったらいいのかわからなかったけれど。

その週、彼女はポーカー大会を中止にした。ぼくはストーカーだと思われているから、どっちみち顔を出す気はなかった。シェリングフォード高校はキャンパスが狭くて生徒も五百人しかいないから、だれかと顔を合わせないようにすることは容易じゃないはずなのに、ホームズの姿は食堂ホールにも休み時間の中庭にもなかった。

自分がこの学校になじめないことをうすうす感じていなかったら、この件を、つまり彼女のことをこんなにずっと考えることはしなかったと思う。ドブスンとのいざこざが始まるころには、気の合うトムを通じて、ぼくにも友人ができていた。トムは顔が広くて、クラスのかわいい子から、中庭でアルティメット・フリスビーをやっている上流階級の連中まで、だれとでも知り合いだった。すぐに、ぼくも彼らと知り合った。とはいえ彼らとの友情は、強い風が吹いたら簡単に飛ばされてしまうようなものだ。

だいたい彼らは、いつだって金の話をしている。

投資とか親の収入の話じゃない。親の職業はなにか、母親は上院議員か、父親はヘッジファンドを運営してるか、といったたぐいの話だ。教室の端にいた女の子が反対側にいる女の子に、「うそ、わたしもクリスマスにはハンプトンに行くわ」と言うのを聞いたことがある。彼らがパーティ会場や中庭の暗がりでうさんくさい金髪の売人からドラッグを買うところを目撃したのは、一度や二度じゃない。ぼくのクラスメートたちにとって親の金の使い道といったら、コカインか、でなきゃ海外旅行だ。フランス語の授業のときに耳にした女の子たちの会話は、だれそれがこの夏からアフリカに孤児院を建てている（アフリカの特定の国ではなく、ただ〝アフリカ〟と言っていた）とか、だれそれがスペインをバックパック旅行で回っている、というものだった。

シェリングフォードは、アンドーバー高校やセントポール高校みたいに未来の大統領やメジャーリーガーや宇宙飛行士の集まりじゃない。もちろん、この学校にもシナリオ創作やスワヒリ語といった選択科目があるし、博士号を持ったツイードジャケットの先生がいるし、アイビーリーグの下位校に進む生徒もいるけど、ランク的には最優秀校よりひとつかふたつ落ちる。たぶん、そこが問題なんだろう。優秀さを競わない代わりに、より多くの特権を手にすることを競う。

とはいっても、それは〝彼ら〟の競争だ。ぼくは観客席の最前列でその試合を眺めるだけ。そして、そこからもっとはずれた暗がりでは、シャーロット・ホームズが彼女自身のまったく独自なルールにしたがってうろつき回っている。

ドブスンが殺された夜、ぼくはホームズとの関係修復について遅くまで考えをめぐらせていた。永遠の友だちになれる機会をぼくがふいにしてしまったのはまちがいなく、そのことで三時半ごろまで寝つけなかった。ほんの一瞬眠ったかと思ったとき、寮内がなんだか騒がしくて目が覚めた。同室のトムはいち早く着替えて様子を見に行ったけど、ぼくはベッドの中でぐずぐずしていた。ぼうっとした頭で、これはきっと避難訓練で、非常ベルを聞き逃したんだろうと思っていた。

部屋から出てみると、廊下の突き当たりに同じ階の寮生たちが大勢集まっていて、そこには白髪頭の寮母と保健室の看護師の姿もあった。それから、制服と制帽を身につけた警察官の一団も。群衆の中をかき分けていくと、トムが見つかった。彼は警察の封鎖テープが張られたドアを呆然《ぼうぜん》と見つめていた。ドアは三センチほど開いているものの、室内は暗くてなにも見えない。

ぼくはトムにきいた。

「どうした?」

「ドブスンだよ。あいつが死んだ」

トムの目がすごくおびえていた。彼がおびえている相手がぼくだとわかり、ショックだった。

ぼくの後ろにいた寮生が言った。

「ジェームズ・ワトスンの仕業だ。ドブスンを殴ったのはあいつだから」

ぼくのまわりでささやきがかわされ、それがみるみるわめき声に変わっていく。

寮母のミセス・ダナムがぼくを守るように肩に手を置いてくれた。

「大丈夫よ、ジェームズ。わたしがそばにいますからね」

彼女はパジャマの上にへんてこなシルクガウンをはおり、眼鏡が鼻の上で傾いている。

彼女が寮に寝泊まりしているなんて初めて知ったし、ぼくの名前まで覚えているのも意外だった。それでも、警官の一団からボタンダウンシャツの男がこっちにまっすぐ近づいてくるのを見たとき、ミセス・ダナムがそばにいてくれるのがものすごく心強かった。

男がバッジを見せてきいた。

「ジェームズだね？　今夜のことで、きみにいくつか質問をしたい」

ミセス・ダナムが首を振った。

「いいえ、それはいけません。この子は未成年者です。保護者の立ち会いなしに質問したいなら、まずご両親の許可を取ってください」

「彼は逮捕されたわけじゃないんですよ」

「それでも、いけません。シェリングフォード校の方針です」

「いいでしょう」

刑事はため息をつき、ズボンのポケットからメモ帳とペンを取り出した。

「きみのご両親は近くに住んでるのか？」

まるで『ロー＆オーダー』みたいだ。まあ、あれほどかっこよくはないけど。

「母はロンドンに住んでます」

答える声が緊張しているのが自分でもわかった。ぼくを見つめるトムの目つきはますます険しくなっている。その後ろで、ぼくの隣の部屋の寮生が声を殺して泣いていた。

「父はこのコネチカットにいますが、もう何年も会ってません」

「お父さんの電話番号を教えてもらえるか？」

ぼくは携帯電話を取り出すと、自分では一度もかけたことのない番号を教えた。

刑事は、寮から出るなとか、少し眠っておけとか、昼すぎにまたぼくに会いに来るとか、いろいろ言ってきたけど、そのすべてにぼくはうなずいて同意した。そうする以外に選択肢があるだろうか？　渡された名刺には、そっけない字体で〝ベン・シェパード刑事〟と書いてあった。彼は映画などで見たことがある刑事とは感じがまるでちがう。ぱっと見、食料品店の店員みたいだ。でも、その顔をよくよく見ると、放り投げられたボールを見たときの犬みたいに熱意がたぎっているのが感じられた。母親か兄を殺されたせいで刑事になったとか、そういう過去の悲劇を抱えている人間には見えない。家で子どもといっしょにテレビゲームを楽しむような感じに見える。奥さんに言われなくても食器を洗うようなタイプだ。

いかにもいい人っぽい彼の印象は、ぼくをよけい不安にさせた。だって、彼は明らかにぼくを悪人だと思っているから。

シェパード刑事は、ぼくを安心させようと意図した笑みらしきものを向けたあと、警官たちをしたがえて帰っていった。残された寮生たちは、しばらくその場でひしめき合っていたけど、ミセス・ダナムによって各部屋に追い返された。だれもがぼくを押しのけていった。ハリーもピーターもローレンスも、おなじみのニットベストを着たトムさえも、みんな同じ目つきでぼくを見てきた。よそ者め、と彼らの表情は告げていた。この人殺し、いつか報いを受けるぞ、と。

ミセス・ダナムが、ココアでも入れましょうか、と言ってくれた。今はなんて返事をしていいかわからないので、ありがたいけどけっこうですと答え、ベッドに戻ることにした。とうてい眠れそうになかったけれど。

部屋にトムはいなかった。たぶん、ほかの部屋の床で寝ることにしたんだと思う。彼は今や、このぼくを恐れているのだ。思わずかっとなって枕を拾い上げ、壁に投げつけようとしたが、そこではっと動きを止めた。荒れ狂っている様子をだれかに聞きつけられでもしたら、この事件におけるぼくの立場にけっしてプラスに作用しないはずだ。そもそも今回のトラブルに巻きこまれた原因もこんなふうにすぐにかっとなる性格にあるんだ、と自分に言い聞かせ、ぼくは枕を投げる代わりにベッドに押しつけた。

原因は怒り。そして、シャーロット・ホームズ。

足音を忍ばせて廊下を歩いていくと、ドブスンの部屋のドアに張られた黄色いテープが鏡みたいに光を反射していた。とてもじゃないけど、中を覗《のぞ》いてみる気にはなれない。ぼくはそのまま進んだ。

ようやくローレンス寮の前に着いたとき、彼女の番号を知らないことに気がついた。電話番号も、部屋番号も知らない。実際のところぼくが持っている情報は、彼女がこの寮に住んでいるという大ざっぱなものだけ。どうしたらいいかとあせるぼくを、建物の暗い窓の列がじっと見下ろしてくる。

じきに空が明るくなるだろう。照明も点灯する。そうしたら、寮の女子生徒たちがシャワーを浴び、服を着替え、教科書を抱えながら部屋から出てくる。クラスメートが殺されたことを彼女たちが知るまでの時間は、あとどれくらいだろう？　ぼくがやったと疑い始めるまで、あとどれくらい？

ホームズを見つけたとしても、なんて言えばいいのかわからない。ぼくが無実だと信じるべき理由が、彼女にあるだろうか。彼女が最後に見たとき、ぼくは被害者をぶん殴っていたんだから。

ここまで来た意気込みが、まるで穴のあいた風船みたいにしぼんでしまったので、ぼくは頭をはっきりさせようと、正面玄関前の階段に腰をおろした。ミッチェナー寮のほうを見やると、緊急車両の放つ光が取り囲んでいる。それ以外は、キャンパスは暗くて静かだった。

「ワトスン」

ひそめた声が聞こえた。

「ジェイミー・ワトスン」

小さな木立の暗がりから急に踏み出してきたのは、シャーロット・ホームズだった。そこにいたのに、ぼくには姿がまったく見えなかった。それもそのはずで、彼女は頭のてっぺんからつま先まで黒ずくめだった。ズボンも手袋もスニーカーも、あごまでファスナーを閉めた上着も。肩にかけているバックパックまで黒い。暗闇の中で、顔だけが青白い月のように浮かび上がって見えた。怒っているのか、彼女の唇はきつく結ばれている。その口が開き、どうやらぼくが聞きたくない言葉を発しそうだったので、ぼくは機先を制して言った。

「やあ。きみを捜してたんだ」

彼女は目を大きく見開き、すぐに細めると、頭の中ですばやくなにかを検討し直す様子を見せてから言った。

「ドブスンの件だな」

どうやってそれを知ったのか、ぼくはわざわざ問い返したりしなかった。相手はホームズなのだ。でも、あまりに驚いた顔をしていたみたいで、彼女が説明してくれた。

「経緯はこう。トムがリーナにメールを送り、リーナがわたしにメールした。割と単純な話だ。それを知らされたとき、あいにくわたしはこんな格好をしていた」

ホームズはいらだたしげな手ぶりで自分の服装を示した。

「それで、だれにも見られないように寮から離れていることにした。だれかが殺害された夜に泥棒の格好をしているのは、どう見ても不都合だからね。殺されたのが憎悪していた相手となれば、なおさらだ」

「泥棒？　なにを盗み出したの？」

ほんの一瞬だけ、彼女の顔に笑みがよぎった。

「ピペットを数本。警備員の夜間巡回が終わったら、ラボに行って研究をしたくてね」

「きみって完全にオタクだな」

ぼくが笑いながら言ったら、彼女の顔にさっきの笑みが戻り、今度は長めにとどまった。いいぞ。

「きみはラボを持ってるの？　いや、その話はあと回しだ。ドブスンが死んで、第一容疑者にされるのはぼくたちだろ？　それなのに、こんなところで笑ってるなんて」

「わかっている。わたしは最初、きみがそのことでわたしを非難しに来たのだと考えた」

ぼくの眉は髪の生え際までつり上がったにちがいない。

「まさか、ぼくはそんな……」

「わかっている」

ホームズはさえぎり、探るような目つきでぼくを見てきた。まるでX線で透視されている気分だ。彼女の視線は、ぼくの顔から指先、履き古したコンバースへとすばやく動いた。

「だが、わたしは彼に、殺してやると言った。きみにとっては、わたしが第一容疑者に決まっている。だが、わたしは犯人ではない」

言い返したいことが山ほどあった。ぼくはワトスンだよ、きみを疑うなんて遺伝的にありえないし、それにこれまでの空想でも、きみはいつだってヒーローであって、悪者だったことは一度もない、と。でも、それを口にしたら、軽くて、わざとらしくて、芝居がかって聞こえるだけだ。ようやくぼくは言った。

「前にきみが言ったとおり、きみは自分で自分の面倒を見られる。もしきみが彼を殺したんだとしたら、彼が自分の頭に銃を向けている場面の目撃者を、とっくに二十人ほど用意してるだろうね」

ホームズは肩をすくめた。でも、明らかにぼくの意見を楽しんでいた。ぼくたちはしばらく並んで階段にすわっていた。遠くで小鳥のさえずりが聞こえ始めている。

ホームズが沈黙を破った。

「いずれにせよ、わたしが入学した日から、あのろくでなしはうんざりするような方法でつきまとってきた。大声を浴びせてきたり、部屋のドアの下にメモを残したり。わたしの兄が訪ねてきていた週末など、朝食の列に並んでいるわたしの尻をたたいてきたんだ。兄を思いとどまらせるのはたいへんだったが、ドブスンは即座にナパーム弾を受けることもなく、ドローンの攻撃目標にもならなかった。まあ実際のところ、兄のマイロは長期戦を望んでいたからね。数年待ってから、ドブスンをベッドから消し去る。それも異星人の仕業に見えるようにしてやると。兄はわたしを元気づけようとしてそう言ったのかもしれないが……」

彼女の声が消え入った。その言葉が思った以上に意味を持ったのは明らかだった。

「わたしは今もきみに怒っているはずなのに」

「でも、もう怒ってない」

「それに、ドブスンのことをこんなふうに話すのもよくない」

ホームズは立ち上がり、一瞬ためらってから、ぼくの手をつかんで立たせてくれた。

「きみが死んだ人間にそれほど敬意を示すなんて思わなかったな。あいつはたった数時間前まで生きてて、ナパーム攻撃されてもしかたのないことをしてたのに」

地平線に太陽がのぼり始めた。見えない糸でのろのろと引っぱり上げられるにつれて、空に色彩が加わっていく。ホームズの髪は黄金色の光に洗われ、頬も黄金色に染まり、その目は霊能力者みたいになにもかも見通しているようだった。

その瞬間、ぼくは、彼女にならどこへでもついていこうと思った。

ホームズが中庭を歩きだした。

「ドブスンについておしゃべりしている時間はない。彼の部屋を調べなくては」

ぼくは思わず立ち止まった。

「今、なんて言った？」


時刻はもう七時十分で、目指す部屋はミッチェナー寮の二階にある。どうやったら受付デスクにいるミセス・ダナムの監視の目をかわし、朝食前のシャワーを浴びに部屋から出てくる一年生たちにも見つからずに忍びこめるか、いい考えが思いつかない。ホームズを見ると、眉を寄せて少し考えてから、ツタのからまる建物の横手に歩いていく。

ぼくに後ろにさがるように指示してから、ホームズはさっとかがみ込み、地面を一センチ刻みで調べ始めた。足跡だ、とわかった。ぼくたちが外からしかドブスンの部屋に入れないとしたら、犯人も同じ経路をたどるしかなかっただろう。だれかに見られていないか、ぼくはそわそわとあたりを見回した。でも、ここはトネリコの木立で死角になっている。シェリングフォード高校に美しい自然がたくさんあってよかった。

「昨夜、四人グループの女子生徒がここを通った」

ホームズはそう言いながら立ち上がった。

「そのことは、アグ・ブーツに踏み荒らされた跡を見ればわかる。それなのに単独でここを歩いた者はなく、喫煙の形跡もない。変だ、ここは侵入にはおあつらえ向きの場所なのに。犯人は正面玄関から入ったにちがいない。スティーブンスン寮やハリー寮とちがって、ミッチェナー寮はトンネル通路とつながっていないから」

「トンネル通路？」

「きみは校内をもっと探索したほうがいい。あの通路はいずれ整備するつもりだ。少し先になるだろうが」

ホームズは一階にある石造りの頑丈そうな窓わくをちらっと見やり、さらに二階の窓わくに視線を移すと、かがんで靴を脱いだ。

「これをわたしのバックパックに入れて」

彼女はソックスの足を窓わくにかけた。

「きみも靴を脱ぐんだ。それから手袋をつけること。靴跡も指紋も残してはいけない。さあ、急いで。いつブラインドが開けられるかもしれないから。ともかくも、ルームメートはラグビー部の遠征で留守だ」

「どの部屋か確かめなくていいの？」

ホームズはまるで、地球が太陽の周囲を回っているのか、ときかれたみたいな顔でぼくを見た。

「ワトスン、いいから押し上げてくれ」

ぼくが両手を組んで足を押し上げてやると、ホームズはツタをよじ登り、ほんの数秒で二階のドブスンの部屋の窓までたどり着いた。そして片手で窓わくにしがみつくと、空いているほうの手でポケットから針金を引っぱり出し、その先端を歯で噛んでかぎ型に曲げた。そのあとなにをしているのか見えなかったけど、ハミングは聞こえた。スーザのマーチみたいだ。

「そうか。きみを見つけたとき、ラボに行くところだったっけね」

「静かに、ワトスン」

小さなきしみ音がして窓が開いた。ホームズはダンサーみたいに優雅な動きで窓の中にすべり込んでいった。すぐにまた彼女の顔があらわれた。

「来ないのか？」

ぼくは悪態をついた。はっきりと声に出して。

ずっとラグビーをやっているおかげで、ぼくはまずまずの体格をしている。彼女より十五センチは身長が高いので、押し上げてもらわないでもたれ下がっているツタに手が届いた。ドブスンの部屋に入りこんだとき、ホームズが肩をたたいてきたけれど、彼女の注意はぼくにではなく、室内を見回すことに向けられていた。ドブスンの部屋は、ミッチェナー寮のほかの部屋とたいして変わらない。ふたりの女の子がキスしているモノクロのポスターが貼られ、床にはしわくちゃの服が散乱している。ランドールが使っている側も掃除こそされていないが、ベッドだけはちゃんと整っていた。ドブスンのシーツはひどいありさまで、マットレスの足下まで蹴っ飛ばされていた。遺体はもう検死官が運び出したらしい。

ベッドサイド・テーブルにはフレームに入った写真があって、ドブスンと妹らしき女の子が写っている。ふたりはレンズに向かって目を細め、満面の笑みを浮かべていた。思いがけず胸が痛んだ。

でも、ホームズにはそんな感傷はないらしい。「バックパックを持っていてくれ」と言うなり床に四つんばいになった。ぼくは三十センチばかり飛びのいた。いったいどこから取り出したのか、彼女は片手にペンライト、片手にピンセットを持っていた。

「そのスパイグッズみたいなのはネット注文?」

ぼくは少しいらいらした気分できいた。一時間も寝ていないし、正直言って、わき上がる恐怖に飲みこまれまいと必死に耐えていたのだ。いつだれが入ってきて、犯行現場を勝手に歩き回っているところを見とがめられてもおかしくない。しかもこのぼくは、ドブスンを殺してやりたいと心のどこかで思ったことのある人間なのだ。

ぼくがびくびくしながら立ちつくしている一方で、ホームズはぼくたちに降りかかる嫌疑を晴らそうと、冷静かつ効率的に動き回っている。ふいに、ふたりで暴走列車の中を颯《さっ》爽《そう》と駆け抜ける空想を思い出し、ぼくは笑いを嚙み殺した。現実は大ちがいだ。鮮やかに脱出したのは彼女だけで、ぼくは自分の足につまずいて転び、敵につかまって水責めの拷問にかけられる。

ホームズが振り向いてささやいた。

「試料瓶を頼む。見つけたものがある」

ぼくは彼女のバックパックからガラスの小瓶を取り出し、栓を抜くと、それを持ったままかがんだ。ホームズがピンセットでつまんだものをそっと瓶に入れる。目を近づけて見てみると、タマネギの皮のかけらみたいだ。彼女はさらにふたつめ、三つめを採取した。それから、カーペットの繊維を引っぱり、それも別の瓶に入れた。先をかぎ型に曲げた針金をベッドの下に突っこんで動かしたら、ペンが何本かと使い古しの歯ブラシとがらくたがいくつか出てきた。次に調べたのは、ベッド脇にあったコップ一杯のミルクで、そばには今どき珍しいスライド笛が置いてある。天井近くに通気口があり、そこから壁に沿ってドブスンの枕まで、ホームズは手袋をした人さし指で目に見えない線をたどった。そこで急に天井を見上げ、数を数え始めた。なんのためか、ぼくにはわからない。小さな物音が聞こえるたびに、監獄行きが決定する気がして、耳の中で鼓動が激しく打った。

ベッドにかがんでドブスンの枕を調べ始めたホームズは、ぼくに手ぶりで示した。頭のあとがくぼみになって残っている。

「それって、よだれのあと?」

ぼくは指さしながら小声できいた。

「おみごと」と言って、彼女はその場所をピンセットの先で引っかいた。

本当は彼女を笑わせようとして言っただけなんだけど、ぼくは褒められて気持ちが弾んだ。

「試料瓶を」

彼女に言われて手渡す。

「血痕が見えないけど」

ぼくが言うと、ホームズはかぶりを振った。ぼくの目には、どこにも、なにも見えなかった。

ドアの外で足音が聞こえた。それも複数。話し声もする。ぼくとドブスンの名前が聞こえたような気がして、ぼくは震え上がった。悲しげな声が「ここが彼の部屋か？」と言った。

「もう行かないと」

ぼくが言うと、ホームズは異を唱える顔つきをした。

「早く」

彼女を窓まで引っぱっていく。ドアノブが回されるのが確かに見えた。ぼくは急いで窓の外に出てぶら下がり、ぱっと手を離した。

地面に着地した瞬間、それまでの恐怖が一気に爽快感に変わった。

窓が勢いよく閉まる音に続いて、ホームズが飛び降りてきた。彼女の腕をつかんで振り向かせ、息を殺して確かめる。

「姿を見られなかった？」

「そんなヘマはしない」

「うまくいったな、ホームズ」

彼女の顔にまた笑みがひらめいた。

「そう言えるだろうね。初めてにしては」

「初めてって……以前にもこういうことをやったんじゃないのか?」

ホームズは肩をすくめたけど、その目はきらきら輝いていた。

「大胆にも犯行現場に忍びこんで証拠品を盗み、そのせいでぼくたちへの嫌疑がさらに深まるかもしれないのに、きみは初めてこんなことをしたのか?」

口調に多少なりとも責める響きがあったとしたら、それはぼくに多少なりとも責める気持ちがあったからだ。

ホームズはすでにバックパックから靴を引っぱり出していた。

「ラボに行く必要がある。ふたりでいると無用な疑惑を招くから、別行動をとって、二十分後にまた会おう。科学実験棟の四四二号室だ」

彼女は流れるような下手投げで、スニーカーを放ってよこした。

「少し遠回りしてくれ。わたしのほうが先に着いていたいから」

科学実験棟四四二号室というのは、備品の収納室だった。

広い部屋だが、静まりかえっている。

中に入ってみると、ホームズはすでになにかの化学実験を始めていた。実験装置は驚くほど本格的で、映画でしか見たことがないものばかりだ。ずらりと並んだ大きなビーカーには気味の悪い緑色の液体が入っていて、そこから煙が立ちのぼっている。火のついたブンゼンバーナーの列は、まるで舞台のフットライトだ。部屋の中央にしつらえられた実験スペースは、そばの本棚に固定されたふたつの電気スタンドで照らされて、主役級の存在感を誇示していた。

本棚を見ると、ダーウィンの『種の起源』やグレイの『人体の解剖学』から、『土壌の歴史』とか『バリツとあなた』と題されたぶ厚い研究書まで、古くてぼろぼろの学術書がコレクションされている。毒物に関する本だけで一段すべてが埋まった棚もある。一番下の段には、かの有名なワトスン博士の伝記もあった。ぼくの母が、こんな恥ずべき内容の本を読んではいけない、と言った本だ。（もちろん、ぼくはそう言われてすぐに読んだ。どうやらぼくのひいひいひいおじいちゃんは、女の子にモテモテだったみたい）

隣の本棚には小説だけが並んでいた。ワトスン博士の『シャーロック・ホームズ』シリーズは、『緋色の研究』から『最後の挨拶』まで、全巻が立派な革装丁でそろっている。どの巻も本の背が傷んでいて、まるで百万回も読み返したみたいだ。

この捜査活動において、自分がどれほどの役割を果たしているか、疑問を感じていたとしても――はっきり言って、ドブスンの部屋に押し入ってからずっと、ぼくはタイタニック級の大きな疑問を感じているけれど――この部屋の手垢《てあか》にまみれた本の列を見たら、少し気分がよくなった。ぼくも人並みに、自分の居場所はやっぱりここなんだ、と思えた。彼女とともに、ここに属しているんだって。

たとえ、どれほど風変わりな場所だとしてもだ。

この空間には、ほかにもたくさんのものがつまっているけれど、どれひとつとっても、持ち主が殺人事件の第一容疑者として怪しまれるようなものばかりだ。壁一面に貼られたさまざまな拳銃の図解。それらを隠すようにつり下がっている巨大な鳥の骨格標本（ハゲワシが弾痕みたいな眼窩《がんか》でぼくを抜け目なく見つめている）。壁際に置かれた古いふたりがけソファには、血痕みたいなものが飛び散っている（その血はどうやら真上にぶら下がっている乗馬用鞭《むち》からしたたったらしい）。無数の土壌サンプルと血液サンプルと歯の入った瓶類の重みでたわんでしまった棚。瓶の横にあるバイオリン・ケースだけが、狂気に満ちあふれたこの部屋における正気の最後の砦《とりで》だった。

ホームズがこのラボに最初に招き入れた相手がぼくだといいな、と心から思った。でなきゃ、彼女なんか刑務所行きだ。

「ワトスン、すわって」

ホームズは実験用トングでふたりがけソファを指し示した。

ぼくが思わず顔をしかめると、彼女がつけ加えた。

「血痕なら、すっかり乾いている」

ぼくが言われたとおりにしたのは、それだけ疲れていたという証拠だろう。

「うまくいってる？　なんの実験か知らないけどさ。とりあえず、なにかわかった？」

「あと十二分」と、彼女は化学実験テーブルで忙しそうに手を動かしている。

ぼくは待った。とても待ちきれなかったけれど。

少ししてからホームズが言った。

「事実が判明する前に仮説を立てたくはないが、ここまでの発見からすると、われらが殺人犯は、ものごとを偶然まかせにする人物ではないようだ。毒物を少なくとも二種類、たぶん三種類使用している」

「毒物？」ぼくは心の底からほっとした。ぼくには毒物の知識など皆無だ。だったら、ドブスン殺害の容疑で起訴される心配はない。

でも、ホームズはそうはいかない。ぼくは唾を飲みこんだ。

「きみは二年生だよね？　化学はまだ習ってないはずだ」

「ここではね。だが、小さいときに家庭教師から個人教授を受けた」

だろうな。母の言っていたことを思い出す。ホームズ家では赤ん坊のうちから推理法をたたき込むって。あの人里離れたサセックスの広大な屋敷で、彼女はほかにどんなことを教わったんだろう。

ホームズが小さく咳払《せきばら》いをした。

「わが身を守る方法。音をたてずに室内を移動する方法に、閉鎖空間に入ったらすぐに脱出可能経路を見つけ出す方法。ロンドンを手始めに、あらゆる通りの全店舗の名前とともに市街図を頭に入れて、最短距離を割り出す方法。要するに、人びとがなにをおこない、なにを考えているかを、すべて網羅する方法だ。そこさえ押さえておけば、人がその行為をする理由を推理することができる」

彼女の目が暗くなった。でも、すぐに澄んだ表情になったので、きっとぼくの気のせいだ。

「もちろん、ふつうに学校で習うこともすべて学んだ。こんな答えで十分か？」

こういう会話をどんなふうに続ければいいんだろう。頭の中で考えただけの質問に返答されるなんて。ぼくは正直な感想を告げた。

「まるで信じられないよ。でも、他人の頭の中がいつもわかりたいかっていうと、どうかな。どこの出身か、なにを望んでるのか、謎の部分がなくなるじゃないか」

ホームズは、どうでもいい、という感じで肩をすくめた。

「そう望む人間は、ほとんどいないだろうね。だが、わたしの一族の家業は、謎をそのまま放っておくことではない。それを解明することだ」

ききたいことはもっとあったけど、ぼくはくたくただった。気がつくと、あくびを嚙み殺している。

「今、何時？」

「八時」

そう答えると、ホームズは透明な液体をスライドガラスに一滴たらした。

「殺人事件のために授業が中止になるという全校メールが、まもなく送られてくるだろう。希望者はカウンセリングを受けられるが、きみとわたしには不要だ」

「二時間後に起こしてくれないか」

ぼくは狭いソファの上で身体を丸くした。毛布代わりの上着をあごまで引き上げたとき、一瞬だけホームズと視線が合ったけれど、彼女はすぐに目をそらしてしまった。

口の中に苦さを感じながら、ぼくは目を覚ました。額に冷たい寝汗をかいていた。ポケットの中では携帯電話がピピピと三連の電子音を鳴らし、バッテリーが残り少ないことを訴えている。一瞬、自分がどこにいるのかわからなくて恐怖を味わったけれど、先端にひだのついた乗馬用鞭を見上げて、ホームズのラボであることを思い出した。まさか、あの乗馬用鞭を見てほっとするなんて。

「その電子音は一時間鳴り続けだ」

化学実験装置の向こうから、ホームズが言った。彼女はさっきよりもくだけた格好だった。上着の袖をひじまでまくり上げ、髪は窮屈な部屋にこもった熱気のせいでクモの巣みたいに縮れている。

「なのに起こしてくれなかったのか？　今、何時？」

「腕時計があるだろう？」

「何時なんだ、ホームズ？」

彼女はぼんやりと顔を上げて、ぼくを見た。

「八時かな？」

ぼくは悪態をつき、あわててポケットから携帯電話を取り出した。あと五分で正午。学校から届いていたメールには、授業が中止になることと、事件でショックを受けた生徒は保健室でカウンセリングのケアが受けられることが書いてあった。そのほかに、着信履歴が十三件。十件が父からで、二件が英国からの非通知通話だ。あとの一件が、見覚えのない市内の番号から。留守番電話のメッセージを再生してみる。

「こちらはシェパード刑事だ。そちらはジェームズ・ワトスンだと思うが……」

化学実験テーブルでは、ホームズが三角フラスコの底に目をこらしている。

「黄色の沈殿物だ」

彼女は、ぼくに知らせるためというより、自分に向けて告げた。

「すばらしい。これなら申し分ない」

彼女は単調なハミングとともに溶液を試験管に注ぐと、それに栓をしてポケットにすべり込ませた。

シェパードのメッセージを最後まで聞いたら、胃が重くなってきた。

「どこかに洗面所《バスルーム》はある？　顔を洗いたいんだけど」

ホームズは、なにも言わずに部屋の隅にある洗濯用シンクを指さした。ぼくは顔に冷たい水をはね散らかした。

「留守電であの刑事が言ってたけど、ぼくの父ともう話をしたって。父は、ぼくがどこかの木で首をつってるんじゃないかって心配してるみたい。三十分後にぼくの部屋にみんなで集まって話をすることになってるんだけど、父にはどう言ったらいいんだろう」

それは答えを求める質問じゃないし、ピントがはずれた問いだったけど、ホームズはわざわざやってきて、ソファのぼろぼろのひじかけに腰かけた。

「きみのお父さん？」

ぼくはうなずいた。彼女が膝の上で両手を返したとき、ひじの内側の柔らかい部分にしわがよって、そこにいくつか傷跡があるのに気がついた。教室で赤毛の女の子が言っていたのを思い出す。あたしは腕の中に消えるって聞いたけど――。

「父とは、十二のとき以来、会ってないんだ」

「理由をきいてもいいか？」

彼女はそれが友人のとるべき態度だと知っているのだ。たがいの人生に興味を示し、相手が動揺しているときには話を聞いてやる。彼女がそれを模倣しようと努力しているのが、ぼくにはよくわかった。電気の通ったケーブルに五リットルの水をかけるぐらいの覚悟をしているにちがいない。

いや、ひょっとすると、おもしろ半分かも。まあ、知るもんか。

「きみにはもうわかってるんだろ？　とっくに推理したに決まってる。ぼくの小指の先を見て、過去を読み取ったとか」

「手相占いではあるまいし」

「まあね。でも、それよりもっと簡単かもしれない。ぼくたちふたりにとっては」

「もっと簡単？」

ホームズはため息をつき、ぼくに上着を投げてよこした。

「行こう。遅れてしまう」

中庭には強い風が吹いていた。なのに上空は無情なくらい晴れわたっている。寒さの中、生徒たちがいたるところで二、三人のグループを作り、身を寄せ合っていた。中庭を歩いていくと、彼らの多くがおおっぴらに泣いているのがわかった。ドブスンのことを知りもしない新入生たちが抱き合っている。

でも、ぼくとホームズの姿を見ると、だれもが……止まった。会話が止まり、泣くのが止まり、涙ながらの話が止まる。ひとり、またひとりと、ぼくたちのほうをにらみつけ、次いでこそこそ話を始める。

ホームズがひじをつかんできて、ぼくをぐいぐいと歩かせながら早口で言った。

「きみのご両親は英国人だが、きみ自身はアメリカで育った。そのことは、うちの家族がきみの家族に言及したときに知った。きみの英国訛《なま》りはそれほど強くないが、アクセントのつけかたは明らかにロンドンのものだ。そして、きみはロンドンに愛着がある。わたしの口調を初めて聞いたときに見せたきみの表情から断言できる。まるで故郷の風景をかいま見たようだったからね。すなわち、ロンドンで暮らしていたにちがいない。それも、人生のうちでもっとも感じやすい時期に。さっき洗面所のことを〝トイレ〟でなくアメリカ風に〝バスルーム〟と呼んだが、その一方で、英語か米語かを区別するよりはむしろ、いっさいの俗語の使用を避けようとするところがある。つまり、きみは十一歳か十二歳ごろにロンドンに転居したはずだ。事実と合っているか？」

ぼくはうなずきを返した。頭がくらくらしそうだ。

ホームズの話を平然と聞くのはきつかった。見る人が見れば、ぼくのちょっとした言葉や動きのひとつひとつが、こんなにも自分の過去をさらけ出していたなんて。でも、それよりきついのは、生徒全員が裁判官と陪審員と死刑執行人と化した中庭を、黙ったまま歩いていくことだ。ホームズはこうなることを知っていたのだと思う。だからこそ、推理の結果をここまで披露せずにとっておいたのだ。恐ろしいほどの一石二鳥。

「その上着は、ずっときみの持ちものだったわけではない。裁断のしかたと、とりわけ革部分のひどい茶色から判断すると、仕立てられたのは一九七〇年代。体型に合ってはいるが、肩のあたりだけがやや大きい。中古……ビンテージで買った可能性もあるが、きみが着ているほかのものを見ると、すべてここ二年以内に製造されている。すなわち、上着はだれかから受け継いだか、贈られたものだろう」

彼女はぼくの上着のポケットに手をすべり込ませ、内袋を裏返しにして引っぱり出した。

「マジックペンのしみがある。去年の冬にきみがクレヨラのフェルトペンを持ち歩いていたとも思えないし。そう、幼少期をすごした家にその上着があったと考えたほうがよさそうだ。そして、あるとき、きみ、もしくは妹が着たときに汚れた。美術の先生ごっこをしているときにね」

「妹がいることは話してないのに」

ホームズは憐れむような目を向けてきた。

「その必要はない」

「ああ、そうさ。これは父のものだった」

解剖されるのは気分のいいものじゃない。

「それで？」

「今は、きみが着ている。きみがお父さんを嫌っていないという十分な証拠だ。いや、好き嫌いといった単純な話ではなさそうだ。こうなると心理学の出番だが、あいにくとわたしは心理学を認めていない。だが、想像するに、きみがそれを身につけているのは、どこか心の奥底で、お父さんがいないのを寂しく思っているからではないか。十二歳のときにきみはロンドンに移ったが、お父さんはずっとここに住んでいる。きみはお父さんのことを話すときに〝ぼくの父〟と言う。けっして〝父さん〟とは言わない。話題がお父さんにおよぶと、きみは緊張するし、お父さんから暴力をふるわれていないことから、おそらくきみの内面にあるのは、長年にわたって口をきいていないことから生じる不安と言っていいだろう。そして、それを裏づける最後のピースは、もちろんその腕時計だ」

すでにミッチェナー寮のそばまで来ていた。ホームズが足を止め、手を出してくる。ぼくは断る理由も見つからず、留め金をはずして、腕時計を手渡した。

「これは、きみと会ったとき、最初に注目したもののひとつだ。きみが身につけている中で飛び抜けて高価なもの。異様なほど大きな盤面。裏面には銘が……ほら、刻まれている。〝ジェイミーへ、十六歳の誕生日に　愛するJW、AW、MW、RWより〟」

その発見に彼女は瞳をきらめかせた。いや、発見じゃなくて、推理の確認だ。ふと、彼女を嫌う人間の気持ちが理解できた。

ぼくは「続けて」と言った。これもいつかは終わるんだから。

ホームズは銘の上を指でなぞった。

「きみがいやがる子ども時代の呼び名だ。つまりお父さんは、今のきみのことをよく知らない。十代の子どもに高価な贈りものをするのは、長年の罪の意識のなせるわざだが、重要な鍵は、ここに並んだイニシャルの中にある。お父さんは、これを自分ひとりからの贈りものにしたくなかった。家族全員からの贈りものであることを、きみに知らせたかった。

きみのお母さんの名がグレースだと叔母から聞いているが、ここにGはない。となると、これはお父さんの新しい家族だ。Aは……アナかな。MWとRWは、きみの異母きょうだいだろう。この誕生日プレゼントは、新しい家族をきみにも気に入ってもらいたいというお父さんの不器用な試みだ。でも、きみはずっと連絡も取らなかった。それは、おそらくお父さんが、アナ……もしくはアリスのせいで、お母さんを裏切ったからではないか。離婚後、お父さんはアメリカに残って新しい家族を作った。少なくともきみの目から見れば、お父さんはきみと妹を捨てたことになるからね。

だが、きみのお母さんは、別れた夫を恨んではいない。とても賢いとはいえないその贈りものを、おとなになるまでしまい込んでおくように、などと遠ざけたりしなかった。それどころか、少なく見積もっても三千ドルはする代物なのに、きみに身につけさせた。離婚したとはいえ、ふたりの関係は良好なのだろう。結婚が破綻する前にすっかり見切りをつけていたお母さんは、夫が次の道に進んだので、ほっとしているのかもしれない。どちらにしてもお母さんは、きみが父親とよりよい関係を築けないことをひどく心配しているのだろうね。男の子には男親が必要だ、とかなんとか。ちなみに、お父さんの新しい奥さんは若い。だが、きみのお母さんが許しがたいと感じるほど若くはない」

「アビゲイルだよ。彼女の名前は、アビゲイル」

ホームズは肩をすくめた。ほんの些細《ささい》な不正解にすぎない。それ以外の詳細にわたる推理は正確で、文句のつけようがないほど完璧だった。

ぼくの顔に冷たい風が当たる。彼女の髪が風に舞い、その目をおおい隠した。ほとんど聞こえないぐらいの小声で彼女が「すまない」と言った。

「きみを……傷つける意図はなかった。わたしの単なる観察結果だ」

「わかってる。おみごとだったよ」

それは、ぼくの本心だった。いやな気分になったのは、彼女に対してじゃなくて、父のしてきたことを思い出させられたからだ。ぼくがちっとも乗り越えられていないのを、こんなにもまざまざと思い知らされるとは。ミッチェナー寮の重い木製のドアを見て、中で待っている人たち、ぼくの父と刑事のことを考えたら、胃がきりきりして、さらにいやな気分になった。ぼくは無罪だ、と強く自分に言い聞かせる。

どうして罪の意識が消えないのかわからない。

ホームズがまたぼくの腕をとり、寮の建物に入りながら言った。

「きみがその上着を着るもうひとつの理由は、自分がジェームズ・ディーンのように見えると思っているからだ。目は確かに似ているが、あごのあたりが全然ちがう。きみはハンサムではあるものの、悩める芸術家タイプではない。むしろ、筋肉質の図書館員だ」

彼女はちょっと考えてからつけ加えた。

「それも、そう悪いものではないと思う」

この女の子のふるまいにがまんできる人間は、世界中探してもぼく以外にいやしない。

「きみはひどいやつだ」

ぼくはそう言いつつも、彼女を許していた。

ホームズは、ほっとしたような顔で言った。

「わたしのどこがひどいんだ？　例をあげてみろ。項目ごとにリストにしてくれ」

そのとき、ぼくの後ろで、ためらいがちに呼ぶ声がした。

「ジェイミー？　おまえか？」

振り向くと、ぼくはロビーで父と向き合っていた。

第三章

ぼくは生まれてからずっと、父と瓜《うり》ふたつだと言われて育った。何年も離れて暮らしているうちに、そのことがいっそう意識されるようになった。言うことを聞かない黒髪——父のはこめかみのあたりが灰色になっていたが——とか、黒い瞳とか、ちょっと強情そうなあごのラインとか。小さいころ、父に言われたことがある。ワトスン家の人間は強情かもしれないが、だからこそ冒険を愛するんだ、と。

さて、いよいよぼくの冒険だ。女の子をいたぶるのが好きな死んだくそ野郎に、第一容疑者のぼくに、事情聴取に立ち合う疎遠の父親。シェパード刑事は、ぼくたちから数歩離れた場所をうろうろしている。きっとだれかから過去のいきさつを聞き、ぼくたち父子に水入らずの時間を与えようと気をきかせたにちがいない。

背後では、ミセス・ダナムが騒々しく電気ケトルをいじっている。受付デスクにマグカップが一列に並んでいるが、ひとつとして同じものがない。寮母は見たらわかることをわざわざ口にした。

「今、お茶を入れますからね。イギリス人のかたがたくさんいらっしゃるから、お茶を入れないと」

ミセス・ダナムの判断は的はずれじゃない。父とぼくは同時に「ありがとう《チアーズ》」と言い――「ありがとう《サンクス》」ではなく――、隣にいたホームズが笑いを嚙《か》み殺した。

彼女を見て、父の目が輝いた。明らかに話の糸口を探している。

「ええと……ジェイミー、おまえのガールフレンドにおれを紹介してくれないか?」

ぼくの腕をつかんでいるホームズの手に、ぎゅっと力が入った。たぶん、ぞっとしたんだと思う。ぼくには彼女の顔を見る勇気はなかった。

「彼女は、シャーロット・ホームズ。ぼくのガールフレンドじゃないよ」

ぼくは静かに言った。父にどんな反応を期待していたのか、自分でもよくわからない。もしも母だったら、この場では口を結んで沈黙し、あとでふたりきりになったら猛攻撃できるように弾薬を蓄《たくわ》えるに決まっている。あの子は少し顔色が悪くないかしら、とか、態度がとてもそっけなく感じられるわ、とか。それで、こう結論づけるんだ。わかっていると思うけれど、あの子はいずれあなたに災いをもたらすだけよ。

父はというと、ものすごく喜んだ。

「シャーロット！　会えてうれしいよ！」

そう言うなり、彼女を引き寄せ、思いきり強く抱きしめた。ぼくもホームズもショックを受け、彼女なんか実際に金切り声を上げた。まさかホームズがあんな声を出せるなんて思いもしなかった。

「知ってるかい？　きみの記事はひとつ残らず切り抜いて息子に送ったよ。ジェームスン・ダイヤモンドの事件での手並みは、本当にみごとだった。まだあんな小さかったのに！　ジェイミー、おまえもあの事件の顚末《てんまつ》は覚えてるだろ？　シャーロットは、スコットランド・ヤードが兄さんのマイロに状況説明するのを、こっそり盗み聞きしたんだ。確か読書室のソファの陰からだったかな？　それから、クレヨンで詳細な手紙を書いて、盗難品の隠し場所を当局に知らせたんだ。実にたいしたもんだよ」

　そこでようやく父の抱擁から解放されたホームズは、少し足をふらつかせていた。「わたしはクレヨンセットなど持っていませんでした」と訂正したけれど、父の耳には届かなかったようだ。ミセス・ダナムが小さく舌を鳴らしながら、ホームズの手にお茶のカップを押しつけた。

　シェパード刑事が割りこんできた。

「ちょっと待った。きみは、あのホームズ家の人間なのか？　すると、あなたのほうは……」

「いかにも。あのワトスンです。さあ、椅子にすわって、この混乱を片づけましょう。ジェイミー、おまえの部屋はどこだ？　きっと二階だな」

父はさっさと階段に向かい、そのあとを刑事が追っていく。

シェパードが「彼女が十歳のときですって？」と聞き返し、父の笑い声が階段に反響した。

ホームズはお茶のカップを両手で握りしめ、信じられないという顔をしていた。

「きみのお父さんに抱擁された」

「そうだね」

「きみのお父さんのこと、好きになれそうかもしれない」

彼女が情けない声で言った。ぼくは彼女を階段まで誘導した。

「落ちこむことないよ。だれもが父を好きになるんだ。ぼくを除いてだけど」

シェパード刑事がまず明言したのは、ルームメートの証言によって、ホームズもぼくも事件当夜のアリバイが証明されたこと。次に明言したのは、アリバイはそれほど重要ではないということだった。

「われわれは科学的証拠にもとづいて、いくつもの可能性を探っているところだ。また、捜査範囲を昨夜だけに限定してもいない。きみたちふたりとリー・ドブスンのあいだにどのような経緯があったか、くわしく聞かせてもらいたい。そのあとで、上がってきている報告とは裏腹に、きみたちふたりがきわめて親しい関係に見える理由を聞かせてもらおう」

彼はすがめた目でホームズを見やり、それからぼくを見た。

「ふたりいっしょに聴取する予定ではなかったし、それが可能とは思っていない。ミス・ホームズ、きみのご両親から承諾を得ていないから……」

すかさずホームズが言った。

「ご自分のEメールをチェックしてください。両親から、ここにいるワトスン氏が保護者代わりであることを承諾するメッセージが届いているはずです」

シェパードが携帯電話を確かめるあいだ、ぼくの父はブレザーの内ポケットからノートとペンを取り出した。刑事が困惑したように言った。

「メモはとらなくてけっこう」

「ああ、いや、これは自分のためです。犯罪に興味があるものでね」

シェパード刑事が助けを求めるようにちらっと見てきたけど、ぼくは肩をすくめてベッドに腰をおろした。ぼくは父のお守り役じゃない。

ホームズの側の事情説明はたいして時間がかからなかった。彼女がどのようにしてこの学校の新入生になったか、入学直後にドブスンがどのように彼女を追いかけ回すようになったか（ホームズは当然のことながら、ドブスンからジャンキー呼ばわりされた点は除外したけど、あいつの暴言についてくわしく説明しながら袖を引っぱって腕を隠していた）。それまで学校に通ったことがないのでドブスンの行為にどう対処してよいのかわからなかった、と彼女は刑事に話した。あとでシェパード刑事が裏をとれるようにと、彼女はリーナと兄のマイロが実際に嫌がらせの現場を目撃していることも伝えた。

「これだけは言っておきますが、わたしは彼の死を望んだことなどありません。もちろん、嫌がらせはやめさせたかった。それでも、わたしは平気でした。わたしの学校生活に、彼の行為はなんの影響もおよぼさなかったですから」

中庭で初めて言葉をかわしたときに彼女が見せた用心深さを思い出す。

〝だれにけしかけられて来た？　ドブスンか？〟

でも、ホームズが嘘まじりの証言をしたことを責めようとは思わない。自分の番が回ってきたとき、ぼくもそうしたのだから。

はい、ドブスンを殴ったのは事実です。彼がぼくの家族ぐるみの友人である女の子に対してひどい暴言を吐いて、そのことをだれも止めようとしなかったので。はい、問題を解決するのに、もっといい方法があったと思います。はい、また同じことが起きたら、暴力じゃなくて話し合いをするつもりです（これは嘘）。ホームズとぼくはみんなが見てる前で口論しましたが、次の日に会って、悪気がないことを伝えました（これも嘘）。

ぼくが話しているとき、父が必死ににやけるのをこらえているのがわかった。ぼくの右フックがドブスンのあごに決まった場面をくわしく説明したときなんか、今にも笑いそうな顔でノートに書きとめていた。こういう父を手本にして育ちながら、ぼくは今までよく刑務所に行かずにすんだと思う。

シェパード刑事は単純な質問をはさむだけで、持ってきたレコーダーをずっともてあそんでいた。ぼくたちは最初に録音許可に同意した。

ぼくは、今朝ホームズの様子が心配で寮を抜け出したこと（半分だけ嘘）、クラスメートたちの目を逃れるために彼女のラボに隠れていたこと（今から思えば真実）を話して、証言を終えた。

シェパード刑事はこれ見よがしに手元のメモ帳をめくり返して言った。

「十分に話を聞けたと思う」

ぼくは上着に手を伸ばした。でも、ぼくが立ち上がる前に、刑事が手をあげた。

「ただし、ドブスンの遺体が発見されたとき、彼が図書館所蔵の『シャーロック・ホームズの冒険』をつかんでいた点についてはまだだ。ある特定の一編のところにしおりがはさんであった。また、きみが彼と、つまりドブスンと性的な行為をした点についてもまだ聞いていない」

その言葉はホームズに向けられたものだったけれど、刑事はぼくをじっと見つめていた。父のペンの動きが止まった。

ぼくにとって、まったくの不意打ちだった。

全身が凍りつき、次いで、かあっと熱くなり、カーペットの上に嘔吐《おうと》するんじゃないかと思った。ドブスンの自慢話は口から出まかせだとばかり思っていた。首が太くて、ブタみたいな声で、共用シャワーでマスをかいたと得意顔だったドブスンめ。殺してやる。とっつかまえて、素手で絞め殺してやる。そのためにはまず生き返らせないと無理だとしても、絶対にやってやる。

隣にいるホームズは、身じろぎもせずに言った。

「はい、しました」

ぼくの中で血が逆流するおなじみの音が聞こえてくる。刑事が言った。

「その部分を話さないでおこうと決めたのには、なにか理由があるんだろうか？　警察に対してだけじゃない。ここにいる友だちでさえ、寝耳に水のようだが」

ぼくは握りこぶしをぎゅっと脚に押しつけた。息をしているのか、自分でもわからない。

かまうもんか。

「あのとき、大量のオキシをやっていたからです。薬物のことが明るみに出たら、退学になってしまうと思って。刑事さんが知りたいのは、性的行為が合意の上であったかどうかですよね？　わたしが正常な状態でなかったことを考えれば、合意の上では、ありません。ほかに、質問は、ありますか？」

最後のほうは声がつまっていた。

ぼくは、がまんできずに部屋を飛び出した。


ぼくは身をわななかせながら、廊下を行ったり来たりした。ぼくが〝血に飢えた単細胞〟だという評判がまだ立っていないとしても、今この瞬間から、そう見られることになるだろう。バスローブ姿のピーターがシャワー用具一式を持って部屋から出てきたが、ぼくが壁を殴る姿を目撃したとたん、後ずさりで部屋に引っこんだ。ドアを施錠する音が聞こえた。

それでいい、とぼくは思った。ぼくの姿を見て正しく反応しなかった最初の相手には、ドブスンが受けるべきだったパンチを見舞ってやる。

ホームズは……いや、精神的ショックが大きすぎて、彼女のことなんて考えられない。

彼女がハードドラッグを使っていた事実は、教室で聞いたうわさを別にしても、それほど意外じゃなかった。コカインとリハビリをめぐるホームズ一族の有名な歴史については、ぼくもよく知っているから。ひいひいひいおじいちゃんの小説によれば、事件がないときのシャーロック・ホームズは、いつもコカインの七パーセント溶液を頼りにしていたらしい。刺激が必要なのだ、と言う彼に対して、ワトスン博士はやめさせる努力をあまり真剣にしなかった。シャーロット・ホームズの場合はオキシコドン。あの一族は、古くからの習慣となかなか手を切れないみたいだ。

ぼくの頭にはイメージが浮かび続けていた。ラボにあるぼろぼろのソファにゆったりと横たわるホームズ。もの憂げに顔にのせた片手。かたわらには空になったビニールの小袋。想像しただけで、胃がむかむかした。彼女は瞳を病的な熱気で輝かせ、額に汗を光らせている。そこへ、ドブスンがドアを開けて入ってくる。汚い言葉を投げつけながら。それから、どう展開したんだろう。あいつは無理やり押さえつけたんだろうか。

そのとき、自分の息づかいの音が意識された。まるで全力疾走したみたいに激しくなっている。ドブスンの顔。空っぽの小袋。それらがまた脳裏をかすめたので、軽量ブロックの壁にもう一度思いきりこぶしをたたきつけた。

父が廊下に出てきた。

「ジェイミー」

父の低い声を聞いたとたん、ぼくの目から狂ったように涙があふれた。

基本的にぼくは泣いたりしない。喧嘩《けんか》をするのはまちがいなく不毛なことだけど、泣くのはどうなんだろう。少しのあいだは気持ちが解放されるかもしれないけど、すぐあとには決まって羞恥心と無力感が強烈な波となって押し寄せてくる。自分が無力だと感じるのは、すごくいやなものだ。それを避けるためなら、ぼくはなんだってする。

ホームズもぼくも、その点は同じだと思う。

彼女にしたみたいに父が抱擁してくるかもしれないと、半ば期待していたけど、手を肩にそっと置かれただけだった。

「最悪の気分だよな。事態を好転させるためにおまえにできることは、ひとつもないんだから」

「父さん、ぼくは彼を殺してない」

ぼくは乱暴に顔をこすりながら言った。

「でも、そうしてやりたかった」

「このことで彼女を責めちゃいけないぞ。あの子なりに精いっぱいやってるんだから」

「ホームズを責めたりするもんか。彼女が悪いんじゃないんだから」

父はほほ笑んだけれど、悲しげな顔だった。

「おまえはちゃんとした男だ、ジェイミー・ワトスン。おまえの母さんはしっかり育ててくれたようだな」

この領域の話に、ぼくが立ち入ることはできない。今はまだ。父はぼくの気持ちを表情から読み取ったようだ。学校に手続きしていっしょに家に帰ろう、と父が言い出すのを、ぼくは待った。いろいろあったあとだから、それが理にかなった提案だと思った。ところが、父はそうしなかった。

「今度の日曜、うちに夕食を食べに来い。シャーロットもいっしょにな。おまえは今でもステーキ・パイが好きだろうな」

それは質問じゃなかったから、ノーを返しようがない。ぼくがどう断ればいいかを思いつくより先に、父が続けた。

「おれたち三人だけだ」

つまり、新しい家族はいないということ。気がつくと、ぼくはうなずきを返していた。

シェパード刑事が部屋から出てきた。青ざめた顔のホームズもいっしょだ。彼女は、触れたら壊れてしまいそうな程度の平静さを保っていた。その自制心には恐れ入る。けれど、彼女とはまだ百万キロの距離を置きたかった。

「それじゃ、今度の日曜に」

父はそう言うと刑事に向き、これ以上の事情聴取は無用だと念を押すように、じっと目を合わせた。気まずい空気の中、シェパード刑事が言った。

「ふたりとも、わたしの許可なく街を離れないこと。近いうちにまた話を聞きたい」

彼は父のあとから階段を下りていった。

ホームズとぼくは、たがいをじっと見つめた。

「きみは泣いていた」

ホームズの声はいつもよりかすれていた。ためらいがちに手を伸ばし、ぼくの顔に触れてくる。

「なぜ泣いていた？」

ぼくは彼女に大声で言いたかった。感情のスイッチを切るとか、そんな機械みたいなことは、ぼくにはできない。いくら彼女が一分の隙もない外見や正確無比な話しかたで機械を気取っても、やはり感情は消せないに決まっている。表面に出さなくても、どこか奥深くのほうで、感情がたぎっているはずだ。頼むから、それをあらわにして、ぼくにこの目で確かめさせてほしい。それを求める権利ぐらい、ぼくにはあるんじゃないか。

でも、ぼくはただ、彼女の冷たい手をこの手でそっと包みこんだ。

「もうこの話はしなくていい。ぼくは聞き出そうなんてしないから」

「わかった。そうして」

「よし」

ぼくは気分を落ち着かせるため、大きく息を吸った。

「さっきポケットに入れたものを、シェパード刑事に渡した？　あの試験管を」

「渡した」

思いきってきいてみる。

「あれがなんなのか、ぼくにも話してくれる？」

彼女はしばらく考え、ぼくをじっと見つめてから口を開いた。

「ワトスン。われわれは罠にはめられたらしい」


まず保健室に行くと約束しなければどこへも行かせませんよ、とミセス・ダナムは主張した。ぼくの手は壁を殴ったせいで出血し、あざができて腫れていた。ホームズは、ぼくを保健室に連れていくことを寮母に請け合い、看護師がぼくを診察しているときも、根気よくすわって待っていてくれた。

「あなたはもうすっかりここの常連ね」

看護師が小さく舌を鳴らしながらそう言って、絆創膏《ばんそうこう》とアイスパックをくれた。

ホームズはこっそり食堂ホールに立ち入った。彼女がサンドイッチを作るあいだ、ぼくはドアのそばで待っていた。気が動転して空腹なんか感じなかったから、彼女が食事のことを忘れずにいたのが意外だった。

中庭を歩くと、また生徒たちの好奇の目にさらされ、こそこそ話をされた。でも、ふたりとも心に吹き荒れる嵐のせいで、周囲にあまり注意を払わなくなっていたんだと思う。今度は気にもならなかった。だって、もっと心配なことが山ほどあるんだから。

科学実験棟四四二号室に着くと、ホームズが鍵束のリングを取り出してドアを開けた。

「このラボを手に入れるのに、どうやって学校をだましたの?」

ぼくはきいた。事件と関係のない話題があることに感謝した。

「わたしの入学に際して、両親が契約条項に入れたんだ。シェリングフォード側は、わたしをどうしても生徒にほしかったから、条項に同意した。わたしの個人成績ファイルでは、自主研究用のラボとして記載されている」

「なんの自主研究?　殺人について?」

ぼくがうすら笑いとともにきいたら、彼女は鼻にしわを寄せてみせた。

ラボに入ると、出ていったときと同じく暗くて風変わりだった。

せっかくドブスンのことを忘れていたのに、ぼろぼろのソファが目に入ったとたん、空想の中の残酷な光景が頭によみがえった。ぼくを見ていたホームズは、そのことを察したらしく、まるで感情のエネルギーが爆発したみたいに、部屋のドアを乱暴に閉めた。

「あれが起きたのは、ここではない。スティーブンスン寮だ。そう、ダウナー系をやるときは、たいていここでオキシを使うが、あのときはいつもとちがっていた。わたしはひどく混乱していたんだ。そう、わたしだって混乱する。いや、詳細は話したくない。きみにそれを知ってほしくないんだ。わたしは彼を殺していないし、だれかに殺させてもいない。彼の死とは無関係だ。前にも言ったように、わたしは自分ひとりで戦える。だから、まるで憐れみの対象であるかのようにわたしを見るのは、やめてくれないか」

「きみを憐れんでなんかいないよ」

ぼくがびっくりして言い返すと、彼女は壁を向いてしまった。それでも、まぶたを閉じて心の中で十から逆に数を数えているのがわかる。彼女は振り向きもせずに言った。

「確かに憐れんではいない。きみはただ、感じたがっているだけだ。わたしが感じられないことや、感じてもいないことを。たいしたものだな。きみとはまだ友人になったばかりだが」

彼女はそこで間をおいた。

「きみも、わたしと同様、あまりふつうとはいえないようだ」

今日の今日までぼくは、だれかにふつうじゃないと思われたことなんかない。でも、まちがいなく彼女の場合はちがう。

しばらくしてからぼくは、あまりいい印象のないソファに腰をおろし、彼女が床に置いておいたサンドイッチの袋を拾った。

「きみのランチはここだよ。ふつうの人たちはランチをとる。だから、これを食べる五分間は、ぼくたちもふつうだ。そのあとで、ぼくたちを殺人犯に仕立てようとしたやつがだれか、好きなだけ話せばいい」

ホームズがぼくの横にどさっとすわった。

「〝だれか〟はまだわからない。データが不十分だ」

「ふつうにしよう。少なくとも、その努力をしてくれ」

ぼくは自分の分のサンドイッチをむさぼるように食べた。白いパンにパストラミとレタスをはさんだだけのものだ。味つけもなし。自宅に専属シェフがいるような上流階級の、ハチドリ並みの食欲しかない女の子が作った……そんな感じのサンドイッチ。たぶん、それは驚くようなことじゃない。ホームズはというと、サンドイッチを気のない様子でひと口かふた口かじりながら、宙を見つめていた。彼女がきいた。

「ふつうの人はふだん、どんな話をする？」

「サッカーの話とか？」

思いきって言ってみたけど、彼女は勘弁してほしいという表情をした。

「わかったよ。それじゃ、警察ものの新作映画は観た？」

「フィクションは時間のむだだ」

彼女はサンドイッチからレタスを引っぱり出し、端っこをちびちびかじる。カタツムリ。彼女の食べかたはまるでカタツムリだ。

「現実のできごとのほうが、わたしにはずっと興味がある」

「たとえば？」

「先週、グラスゴーで実に興味深い連続殺人事件が起きた。三人の若い女性が、自分の髪で絞殺されたんだ。巧妙な手口だ。ラボにいながらも事件の進展を見守っていた。正直言って目が離せず、スコットランド・ヤードの知り合いに電話で情報をいくつか提供したところ、彼女はどうしても現場に来て捜査に協力してほしいと言ってきた。そんなときに、今回の件が起きた」

「なんてタイミングが悪いんだ」

もちろん、彼女はその皮肉を無視した。

「だろう？」

「やっぱり、ふつうのランチなんて無理な相談だったな。好きにしよう。なぜぼくたちが罠にはめられるんだ？」

「その質問は誤りだ。われわれが解き明かそうとしているのは、〝だれ〟や〝なぜ〟ではなく〝どうやって〟なんだ、ワトスン。事実を待たずに理論を組み立ててはならない。さもないと、全員にとって時間の浪費になってしまう」

「理解できないよ」

ぼくは本当に理解できないので、そう言った。

あのホームズが、今にもいらだって足を踏み鳴らしそうだった。

「事実その一。リー・ドブスンはまる一年にわたって嫌がらせをしたすえ、九月二十六日にわたしを襲った。事実その二。きみとドブスンが衝突したのが、十月三日。事実その三。ドブスンは十月十一日火曜日という、一と二のできごとに関連づけられるほど近接した日付に殺害された。毒物検査の結果が出れば、彼がヒ素の蓄積中毒で犠牲になったことと、服毒が始まったのがちょうどきみが彼を殴った日の夜からで、投与量が日ごとに増加したことが判明するだろう。彼に頭痛や吐き気などの症状があったことは、ルームメートと保健室の関係者が証言するにちがいない」

「そんな。ヒ素だって？　頼むから、きみがヒ素を入手できる立場にあるなんて言わないでくれよ」

「ワトスン。ここは科学棟で、わたしは鍵を持っている」

嚙んで含めるような口調だった。ぼくは両手で頭を抱えた。

「ドブスンはきみのひいひいひいおじいさんが書いた小説を手に持っていた。警察は、死亡直後の彼が、おそらくまだ血の温かい状態でガラガラヘビに嚙まれたことも突き止めるだろう。ドブスンの部屋の床でうろこを見つけたのを覚えているか？」

ホームズはかがんで本棚の下の段から一冊の本を抜き出すと、ぼくに放ってよこした。それが『シャーロック・ホームズの冒険』だったので、どきっとした。

「ぴんと来ないか？　ベッドサイド・テーブルにあったコップのミルクは？　あるいはベッドの真上にある通気口は？　さあ、ワトスン、考えるんだ！」

彼女が暗に示していることをまだ信じられないまま、ぼくは本を見下ろした。

「本気じゃないよね？」

「もちろん、本気だ。犯人は《まだらの紐《ひも》》を再現している」

《まだらの紐》は、ひいひいひいおじいちゃんが書いた小説の中でも、よく知られた一編だ。これほど読者をぞっとさせる作品はないし、また、事実誤認が多いことでも群を抜いている。《まだらの紐》は、ホームズ物語ではおなじみの、取り乱した女性が助けを求めてベイカー街二二一Bにやってくる場面から始まる。依頼人であるヘレン・ストーナーは、二年前のある真夜中に姉を不可解な状況で亡くしているが、結婚を数週間後に控えた今、邪悪な義父によって、姉の死んだ寝室に移ることを余儀なくされた。シャーロックとぼくのひいひいひいおじいちゃんが調査したところ、その寝室はベッドが床にボルトで固定されていることが判明する。ベッドの真上には、隣接する義父の書斎に通じる通気口があり、そこから呼び鈴のひもがたれている。書斎に入ったホームズは、ミルクの入った小皿と、鞭《むち》と、鍵のかかった金庫を発見し、寝室で深夜に張り込みをしたところ、インド沼毒ヘビと遭遇する。邪悪な義父は、このまだら模様がある毒ヘビ（これが題名の由来）を口笛で操って義理の娘を殺害し、それがすんだあとヘビを金庫に隠していたのだ。

ジョン・H・ワトスンは、医師、作家、親切で礼儀正しいと評判の男と、いくつもの顔を持っていたけれど、動物学者でないのは確かだ。まず、沼毒ヘビなんていう生物は実在しない。それに、シャーロック・ホームズが小皿のミルクからヘビの存在を推理したというのも変だ。ヘビはミルクなんか飲まないから。さらに、ヘビの聴覚は退化していて振動以外は感知できないから口笛は聞こえない。おまけに呼吸はしているから、金庫に閉じこめられたら窒息して死んでしまう。

子どものころのぼくは、ワトスン博士がこの事件に過剰な創作を加えた真相について、父とふたりであれこれ考えるのが好きだった。今でも自信がある仮説は、ワトスン博士が事件当日に寝すごして、依頼人に会う機会も現場で調査する機会も逃してしまい、あとからせっかくシャーロック・ホームズが顚末を話してくれたにもかかわらず上の空で聞いていた、というもの。

少なくとも、それだったらぼくもやらかしそうだ。

こちらのホームズはケージに入れられたネコみたいに、ラボの中を行ったり来たりした。

「犯人は、それがだれであれ、われわれを愚弄している。ドブスンを死に追いやったのはヒ素だ。ガラガラヘビはメッセージを伝えるためのばかげた小道具にすぎない。犯人が沼毒ヘビを用意できなかったのは、むろん、あれがきみのひいひいひいおじいさんのでっち上げだからだが」

そんなにばかにして言わなくても。

「だが、ワトスン、なぜドブスンはコップ一杯のミルクを用意していたのだろう？　部屋には冷蔵庫がないから、夕食後にわざわざ食堂ホールから持ってくる必要があったはずだ。それに、リー・ドブスンがフォーク・ミュージックに情熱を燃やしていた可能性もなくはないが、ほかの状況と照らし合わせると、スライド笛を所持しているのはいかにも奇妙すぎる。これらの品の存在はあまりにありふれているから、警察は特別な注意を向けない。すなわち、あえてミルクや笛を配置した殺人犯は、われわれが独自に部屋を捜査すると読んでいたにちがいない」

「ぼくたちはもてあそばれてるんだ。でも、犯人はなぜぼくたちに、自分がつけ狙っていることを知らせたいのかな?」

彼女は片方の眉を上げてみせた。

「そう、〝ぼくたち〟というのが注目すべき点だ。ドブスンはこの一年、わたしにつきまとい続けたが、その間、彼の身にはなにも起きなかった。そこへ、きみが転校してきて、すべてが始まった。手始めとして、われわれの周辺にこの夏以降にあらわれた人物について調べよう。あるいは、われわれふたりを破滅させることに特別な関心を寄せている人物を」

なぜ犯人がぼくに狙いをつけたのか。理由はもちろん、ホームズだ。彼女はだれよりも賢く、だれよりも敏捷《びんしょう》で、だれよりも勇ましい。それを際立たせるには、反対側に引き立て役がいないと。たぶん、ぼくはとばっちりで巻きこまれただけなのだろう。きっとなにかのまちがいだ。だって、いくら望んでも、ぼくの人生はどきどきはらはらとは無縁だったから。だれかがぼくを標的にする理由など思いつかない。

でも、今回の事件でぼくがちょい役にすぎないと知ったら、ホームズはぼくをお払い箱にするかもしれない。そうなったら、化学の宿題とか、トムの下ネタジョークとか、アメリカ追放生活の退屈な日常に戻されてしまう。彼女が超然と人生を歩むあいだ、ぼくは夜ごと彼女のことを夢見ることしかできない。それは以前と同じだけど、以前よりひどい。なぜなら、自分が失うものの大きさを今やはっきりと知っているから。

だから、よけいなことを言わないことに決めた。

ホームズは歩き回るのをやめて壁に寄りかかった。そういえば、彼女はゆうべ一睡もしていない。なのにまだこうして立っていられるのが不思議なくらいだ。

「警察がわれわれを捜査に協力させることはないだろう。シェパードにその気があったとしてもだ。あの愚かな連中は、わたしが犯行現場に立ち入ることを好まないだろうからね」

「ぼくたちは第一容疑者でもあるんだよ。捜査に協力するには、そこがちょっとマイナスポイントかもな」

それが的はずれだというように、ホームズは肩をすくめた。

「では、以上だ」

「なにが？」

「きみに話すべきことはすべて話した。わたしは、次の手を考えるとしよう」

つまり、ぼくはクビってことだ。彼女にとってぼくの利用価値は（そんなものがあればだけど）もうなくなり、今日の調査はこれにて終了。ぼくは立ち上がった。彼女にとってぼくが意味のある存在になりつつあるという感じは、思いすごしだったのだろうか。

というのも、ホームズはぼくのことがもはや眼中にないみたいだからだ。本棚からバイオリンケースをおろすと、温《ぬく》もりと光沢があってまるで生きているみたいに感じられる楽器を取り出した。夏に自宅のキッチンでBBCラジオ4の特別番組を聴いたことを思い出す。転校を前にすっかり不機嫌になっていたぼくに、母が一連の激励キャンペーンを始めたころだ。あの日、甘い香りに誘われて部屋から出ていってみると、母が小さなキッチンカウンターで生地を麺棒で伸ばし、シナモンロールを手作りしていた。母の手は粉だらけで、茶色い髪がくるんと張りついた汗ばんだ顔で、ぼくを見上げた。どちらかが口を開く前に、ラジオでアナウンサーがストラディバリウスの歴史について話し始めた。そのバックで流れていたのが、エドワード七世のためにシャーロック・ホームズが自前のストラディバリウスでメンデルスゾーンのバイオリン協奏曲を演奏した、あの有名な録音だった。雑音の中から聞こえる、荒っぽくも生き生きとした音色。ぼくがラジオの近くに寄ると、母はぎゅっと口を結んだけれど、選局を変えはしなかった。そして、アナウンサーがバイオリンの形状や木材の密度やアントニオ・ストラディバリがどうやって楽器をベネチアの運河の下に保管したかについて語るのを聴きながら、ぼくたちは焼き上がったロールにアイシングをかけつつ、午後をすごしたのだった。

ホームズのバイオリンのブラウンシュガー色を目にしたら、そんな記憶が一気によみがえってきた。ぼくはその場に立ちつくし、彼女が演奏前のスケール練習をするさまをじっと見つめた。彼女はまぶたを閉じ、その黒髪の前を弓が動く。奏でられた曲は、耳なじみがあるのに異質な感じもあって、きらびやかな不協和音の爆発が民族音楽的なメロディを引き立てている。ぼくは彼女からほんの二メートルのところに立っていたのに、たがいの距離は、国王のために演奏するシャーロック・ホームズとそれをラジオで聴いたぼくみたいに、百年もの隔たりがあるように感じられた。時間も、距離も、はるか遠くに。

ずいぶんと長い時間、耳を傾けていたにちがいない。演奏が終わったとき、はっと気がつくと、ぼくは片手でドアノブを握ったままばかみたいに突っ立っていた。

彼女がバイオリンをおろして言った。

「ワトスン。明日また会おう」

そして、ぼくから目をそらし、また演奏に戻った。

第四章

まる一日、電話の呼び出しを無視していたら、ミセス・ダナムが部屋にやってきて、パニックを起こしているぼくの母と電話でこれ以上話すくらいなら公衆の面前で焼身自殺したほうがましだ、ということを丁寧な口調で訴えた。

それで、ぼくは木曜日に、受話器の向こうから聞こえる母の大げさな嘆きと妹のシェルビーの質問攻め（なにがあったの？　大丈夫？　こっちに帰ってくるってこと？）に四時間もつき合うはめになった。父の家に夕食に呼ばれていることは、ふたりには言わないでおいた。行くかどうか、まだ決めてないし。

トムとの関係はどうにか落ち着いた。というよりトムの気のよさが、ぼくを疑う気持ちよりまさったようだ。口もきかない気まずい一日がすぎたあと、机で書きものをしているぼくのところに彼がやってきた。ドブスンの殺害にまつわること（日付や時間、毒の名前、ホームズが列挙したドブスンの持ちもの）をできるだけ思い出して書き出しながら、これを小説にしようかと考えていた。トムが肩ごしに覗《のぞ》きこんできたとき、書き上がったら彼に読んでみてもらおうと思った。

その小説が、ホームズやぼくが退学にならないバージョンだといいんだけど。

シェリングフォード高校は、リー・ドブスンの死亡は事故によるものだった、と声明を出した。〝ヘビによる偶発事故〟というのは、凄惨《せいさん》というよりむしろ奇妙だった。保護者たちに校内の安全をアピールするための声明なのに、大多数の生徒が家に引き取られて不在だった。特にぼくたちの寮はがらんとしていて、二日たってもシャワーに行列ができないし、ドアの向こうから大音量の音楽が聞こえてくることもない。

そんな静かな環境に、リポーターが押しかけてきた。

ついきのうまで彼らの姿はなかった。なのに今日は、カメラとフラッシュを持った連中が騒がしい声を発しながら中庭のいたるところをうろついているという具合だ。授業が終わるのを待ってから、彼らはいかにも同情するように生徒の肩に手を置いて、レンズを向けてくる。ほとんどの生徒は彼らを無視したけど、中にはそうでないのもいた。ある日の昼休みにぼくが目撃したのは、フランス語のクラスにいる赤毛の女の子が、カメラの前でさめざめと泣いているところだった。彼女はすすり泣きながら、もしあたしの顔写真が必要ならウェブサイトに載せてある、と言っていた。彼女がメディアを利用するのを責めようとは思わない。メディアだって彼女を利用しているんだから。

その同じリポーターに、ぼくは目をつけられてしまったらしい。

教室を移動するたびにぼくを追いかけてきて、お悔やみの言葉をぶつぶつ言ったかと思うと、質問をぶつけてきた。「リー・ドブスンの死は本当に事故だと思う?」とか「きみが寮の部屋にヘビを飼っているというのは本当?」とか。

カメラマンの機材箱のロゴからすると、BBCから派遣されたようだ。ロゴがなくても、オックスブリッジのぼんくらがそのままおとなになった感じの気取ったアクセントと横柄そうなあごの形から、予想はつく。ホームズ一族を中傷するために海の向こうから送られてきたのはまちがいない。その証拠に、話の矛先をすぐにシャーロットに向けようとする。

彼はどういうわけか、ぼくの時間割を突き止めていて、来る日も来る日も休み時間になると、のっぽのカメラマンをしたがえて、ぼくを待ち伏せした。

一番ひどかったのは、どうにか逃げきれたと思った午後のことだ。ぼくが科学実験棟から出たとき、入り口階段でリポーターが校外の人間からインタビューを取っていた。

「おれもその話は聞いたぜ。おれには大勢の、その、ダチがいるが、そいつらが言うには、このイカれたカルトの教祖はシャーロット・ホームズで、ジェームズ・ワトスンは言ってみりゃ、その怒りっぽい子分だってよ」

ぼくは顔を伏せて、横を急ぎ足で通り抜けようとしたけど、リポーターが名前を呼びながら追いすがってきて、腕をつかもうとした。

ぼくはくるっと向き直り、彼を殴る準備をした。カメラマンが強引に前に出て、ぼくにレンズを向けてくる。

「おれの言ったとおりだろ！」

さっきの男が叫び、そのとき顔がよく見えた。三十歳ぐらいで、みすぼらしい顔と濃い金髪の持ち主だった。トムが前に教えてくれた、学校に出入りしている麻薬密売人だ。夜の校内をこそこそうろつき回るのを見たことがある。

近ごろは、ぼくよりもあいつのほうが信用があるらしい。

「しつこいぞ」

ぼくは抑えた声で言い、襟を立てた。リポーターたちはひとまずぼくを解放してくれたけど、明日になればまた追われることは、たがいにわかっていた。

ところが次の日、彼らは姿を見せなかった。どうやら保護者たちが、行きすぎた取材に対して苦情を入れたらしい。シェリングフォード高校のキャンパスは、正式に関係者以外立ち入り禁止となった。

これできみも安心かい、とホームズにきいたら、上品な笑みを返してきた。

「兄がメディアと協定を結んでいるから、これまで彼らにわずらわされたことはない」

学校の雰囲気は、なんとなく重い。だから、学校側がこの騒動にもかかわらずホームカミングのイベントを予定どおり開催することを決めたと聞いても、ぼくは驚かなかった。礼拝堂から図書館まで、わが校の緑と白の旗がひるがえると、食堂ホールでは夕食にステーキとサーモンが出されることが告知された。

去年は英国の高校に通っていたので、ぼくはこの秋の一大行事をまだ経験していない。フットボール部が母校《ホーム》で試合をするのに合わせ、期間中は壮行会がおこなわれたり、卒業生たちがキャンパスを訪れて同窓会をしたりするが、生徒たちの一番の関心の的はなんといっても最終日の夜に開かれるダンスパーティだ。

ダンスパーティの日が近づくと、女の子たちが連れだって街に繰り出し、ビニールに包まれたロングドレスを手にして戻ってきた。何ヵ月も前にニューヨークやボストンに注文しておいたもので、中にはパリから取り寄せた子もいるらしい。フランス語の授業中にうわさ話ばかりしているキャシディとアシュトンがそう言っていた。

でも、ホームカミングに向けて準備に余念がないのは、女子ばかりじゃない。リーナを同伴するトムは、シカゴの両親に頼んでスーツを送ってもらったようだ。でなければ、パウダーブルーの上着とベストが彼の手元にあるわけがない。

ホームカミングは時間とお金のむだかもしれないけど、今回ばかりは理解できる。だれだって生徒の死よりも、華やかなイベントに気持ちを向けたいだろう。

ホームズにそう言ったら、めったにないことだけど、そっくり返って笑った。

「きみは男子にしては、ずいぶんとメロドラマ的傾向がある」

その分析にぼくは反論できなかった。このところ暇さえあれば科学実験棟四四二号室ですごしているから、彼女の判断材料になる個人データをふんだんに提供してしまっている。

ぼくたちは昼食だけでなく、夕食もここでいっしょに食べる――もっと正確に言うと、ぼくがふだんどおりがっついている横で、彼女がその日のぼくについて推理した結果を述べたてる。朝食にキャプテン・クランチのシリアルを食べたな、とか、新しいシェービング・クリームを試したもののお気に召さなかったらしい、とか。そのくせ、彼女は自分が食べていない事実をごまかそうと、皿の食べものを突っつき回す。そのことを指摘すると、彼女はぼくの手前、フライをひとつかふたつ食べる。そうして十分後には、またぼくが同じことを指摘することになる。

ある晩、ぼくの好きな曲はニルヴァーナの〝ハート・シェイプト・ボックス〟だと話したら、その一時間後に、彼女がバイオリンで〝スメルズ・ライク・ティーン・スピリット〟の冒頭を弾いていたことがあった。たぶん彼女は無意識だったんだろう。ぼくがじっと見ていると、視線に気づいた彼女は急にあせったみたいにバッハのアルマンドに切り替えた

（ぼくは彼女が弾いた曲や作曲家の名前をすべて覚えた。彼女はそれを質問されるのが好きで、ぼくは演奏を聴くのが好きだ）。

ぼくたちのたがいの関係性について、ほかのだれかに説明しようとしても、きっと理解してもらえないだろう。彼女が突拍子もない見解にトップスピンをかけてネットごしに打ってくると、すべてボレーで返す癖がぼくにはあって、そのたびにふたりの会話は論争に発展する。話題がカブトムシでも、クリスマスの劇でも、ワトスン博士の瞳の色についてであってもだ。

容疑者の可能性に関しては激しく意見を戦わせた。ホームズは、殺人犯はシェリングフォード高校の関係者だと断言していたけど、犯人が去年のうちに行動を起こさなかった理由がぼくにはわからない。ぼくを標的にした理由も不明だ。

バイオリンケースの中に大量の薬物の瓶が隠してあるのをぼくが見つけたときには、彼女がまだオキシコドンを使っている事実について口論になった。

「きみには関係のない問題だ」

彼女は怒ってそう言ったけど、ぼくが「関係があるに決まってるよ」と主張したら、もっと怒りをあらわにした。関係ないわけない。ぼくたちは友だちなんだから。友だちだからこそ、どうでもいいことでひどく言い争うんだ。

ある晩、彼女がいつもソファに寝そべるせいでぼくが床にすわるはめになる件について舌戦を繰り広げ、ぼくは鼻息も荒くラボを飛び出したけど、翌朝に行ってみると、部屋に折りたたみ椅子が持ちこんであった。「きみ用に」と彼女は言って、あいまいな手ぶりで示した。

でも、いつもそんなふうにやり合ってばかりいるわけじゃない。むしろ、その反対のことが多かった。ぼくは大声で意見をぶつけるどころか、気がつくと、彼女の催眠術師みたいな視線と手加減なしの論理的思考によってまんまと言いくるめられ、研究材料の名目で鼻毛を抜かれたりしている（公平を期すために言っておくと、その引き替えに彼女は一ヵ月間ぼくの化学の宿題を肩代わりすると約束した）。

彼女には錠前破りの基本技術も教わった。やっとのことでピンを正しい位置に差しこみ、カチッと解除の音を鳴らすことができたので、ほっとしてソファにすわったら、次は目隠しをして同じことをやらされた。

いつか、幼いころはキャンディを禁じられたと彼女が言ったので、ぼくは学生会館の購買部でばら売りのお菓子を袋がはち切れそうなくらい買いこみ、彼女にうやうやしく捧《ささ》げてみた。彼女はじっくり考えたすえに、お菓子を試すことをきっぱりと拒んだ。でも、ぼくが母からの電話を受けに行って、そのあと部屋に戻ってみると、ホームズは巨大なゴブストッパー・キャンディをほおばり、噛《か》み砕こうと苦戦中だった。

科学実験棟四四二号室に入りびたっていたら、外の世界がますます知らない世界になっていった。ラボですごしていると、自分が核戦争のときに逃げこむ備蓄シェルターにいる気がしてくることがある。ダンスにだれを誘うのかトムにメールできかれたときなど、ぼくはラボの薄明かりの中で何度もまばたきし、実際の世界は放射能に汚染されていないから出ていっても大丈夫だと、わざわざ思い出そうとしたほどだった。

でも、ぼくには誘う相手なんていない。相手などほしくないと自分に言い聞かせた。ダンスパーティのことを考えるときは、別のシェリングフォード高校で開催されるのだと思うようにした。そこでは、一番すてきな女の子とすごす夜のひとときを彩るのは、ブンゼンバーナーや血痕じゃなくてミラーボールや退屈な音楽だし、大勢のクラスメートたちの目にさらされることが拷問にはならない。

ぼくが教室に入っていくたびに知らない生徒たちまでもがおしゃべりをやめる状況で、自分が殺人事件の容疑者であることを忘れるなんてできない。ドブスンの部屋はいまだに警察の黄色いテープで封鎖されている。ドブスンの元ルームメートであるランドールは、今でも廊下でぼくを転ばせようとする。先生たちは、ぼくのことを腫れものにさわるみたいに扱うか、さもなければ無視した。創作文芸を教えている小声のホイートリー先生だけは、なにか話したいことがあればいつでも聞こう、と言ってくれた。ぼくはその言葉に甘えなかったものの、先生には感謝していた。先生がそんな申し出をしてくれるのは、単に彼がいい人だからだけど、それでも、ぼくの身に起きていることをちゃんと受け入れてくれる相手がいるというのは、気持ちが休まった。

なぜなら、ぼくは怖くてしかたがなかったんだ。朝起きたら、死んでるんじゃないかって。ホームズとぼくに恨みを抱いている人物がどこかにいるのに、それがだれなのか、ぼくたちにはわからない。より正確には、ぼくにはわからない。ひょっとしてホームズは突き止めているんじゃないかという気もするけれど、彼女ときたら、クッションの上で丸まるネコみたいな気だるさを漂わせるだけで、なにも教えてくれない。

「事実が判明する前に仮説を立てたくない」が、彼女の言い分だ。

「だったら、事実を集めに行こうよ。どこから始める？」

バイオリン上で弓を動かしながら考えていた彼女は、ようやく言った。

「保健室」

ヒ素中毒による激痛を感じていたはずのドブスンが、症状を緩和してもらおうと死ぬ前に保健室に行ったかどうか、それを確かめるのがホームズの計画だ。それが次の手だと聞いて、ちょっと驚いた。自分で実験して毒物の存在を突き止めておきながら、どうして毒殺の証拠をまだ集める必要があるんだろう。もう判明している事実なのに。

でも、よく考えていくうちに、その意味がわかってきた。シェパード刑事は、ぼくたちが罠にはめられたという話をちっとも信じてくれない。科学実験棟の建物から出るたびに、正面入り口前に私服警官が待っているし、その警官がぼくの寮の外にあるゴミ収集容器をあさっているのを見たこともある。ある朝、ホームズが目覚めたら、はしごに登って窓の外から監視しているチームを見つけたそうだ。平静を装っているけれど、彼女はかなり動揺したにちがいない。ホームズは、これまでの活躍や、今でもスコットランド・ヤードと定期的に連絡を取っている事実から考えて、法の外側で動くことに慣れていないのは明らかだ。口にこそ出さないが、警察からの信頼を回復したいと願っているのがわかる。看護師にぼくたちの証拠を裏づけてもらうのは、そのための価値ある第一歩だ。

「あの看護師はきみのことが好きだ」

保健室に向かう途中、ホームズが冷めた口調で言った。ハリス寮に増築された天井の低い区画には、いくつかの宿泊部屋と保健室がある。確かにぼくがここに来るたびに（手の切り傷と、殴られた鼻で）いつも同じ看護師が治療してくれたけど、単に仕事として接してくれているとしか思ったことはない。

「彼女は、ぼくが治ることが好きなんだと思うけど。で、それが今回の計画？　怪我のふりをしたぼくが彼女の同情と注意を引きつけて、手当てしてもらってるあいだに、きみがカルテを物色する？」

　ホームズは目をぱちくりさせた。

「当たりだ」

　ドアを押し開けると、待合室にはだれもいなかった。受付デスクで数独パズルを解いていた看護師が、「どうしました？」と顔も上げずにきいてきた。

「また来ちゃいました」

　ぼくは弁解がましく言って、片手を突き出した。

「また痛くなってきたので、どこか折れてるかもしれないと、ちょっと心配になって」

「かわいそうに」

　その声は明るくて、妙に魅力的だった。

「ガールフレンドがここにいるのは、あなたの心の支えかしら？」

　ぼくはホームズをちらっと見た。彼女は涙ぐみながら笑みを浮かべてみせた。

「あたし、見ていられるか自信ないけど、彼のことがただもう心配で。でも、外で待ってたほうがいいんですよね？」

　看護師は安心させるように彼女の腕に触れた。

「彼に痛いことはなにもしないと約束するわ。彼をひとりにしないようにあなたも、さあ、入って」

彼女はホームズとぼくを診察室に案内した。そして、ぼくの手を触診すると（指で押されたときは実際に痛かった）、治癒しつつあるわ、と言いながらタイレノール鎮痛薬を渡してきて、それで診察は終わった。かかった時間は五分ほどだ。

廊下に出てから、ホームズが保健室のドアをにらみつけた。

「この手はいつもはもう少しうまくいくんだが」

ぼくはにやにや笑った。

「世話焼きガールフレンドのキャラだけど、もうちょっと研究の余地があるかも。で、これでおしまい？　カルテの調査はあきらめる？」

「いや、まだだ。深夜に侵入して、必要なものをいただく。また防犯カメラを取りはずすのが退屈だがね」

「どうして最初から侵入しなかったのさ？」

彼女の顔に笑みが揺らめいた。

「きみは、なにかやりたくてうずうずしていた。だから、きみにも一枚嚙ませてやろうと思ってね」

「それは、どうも」

「だが、今夜はわたしが単独でやる。きみの人目を忍ぶ技術は、ちどり足のゾウ並みだから。それじゃ、またあとで」

彼女はぼくの肩をたたくと、さっさと立ち去ってしまった。ぼくは、その姿にうっとりすると同時に侮辱されてがっくりきていた。これこそ、シャーロット・ホームズと行動をともにするときの副作用だ。

次の日、授業を終えてラボに行ってみると、ちょうどシェパード刑事がドアから出てきたところだった。彼が親の同席なしに聴取していいのか知らないけれど、ホームズと話をする方法をどうにか見つけたらしい。

刑事は重々しく言った。

「ジェイミー。日曜日の夜にわたしもお父さんの家におじゃまして、きみとシャーロットに会うことになった。そのときにまた話そう」

彼は憐れむような目つきでぼくをじっと見てから、廊下を歩いていった。

「待って、あなたも来るんですか?」

背中に声をかけたけど、返事はなかった。

ラボの中では、ホームズがソファで毛布の雪崩《なだれ》に埋まっていた。まるでマトリョーシカ人形だ。彼女は一番小さなホームズみたいに見える。

シェパード刑事とどんな話をしたか知らないけど、それは彼女を不機嫌にさせる結果に終わったみたいだ。

「どうして彼を入れたんだ？　なにがあった？」

「なんでもない」

「なんでもない、ね。保健室にあったドブスンのカルテを彼に渡したんじゃないか？」

「警察はやはり入手ずみだった。わたしは不法侵入の件で厳重注意を受けた」

「じゃあ、ドブスンが症状を訴えて保健室に行ったことは確かめられたんだね？」

「彼はたびたび保健室に行っていた。シェパードが言うには、ほとんどがラグビーによる負傷らしい。警察は毛髪検査でヒ素を検出したから、わたしの証拠は不要だそうだ。それから、この毒物棚にある瓶の中身がなにか、ひとつ残らずきいてきた。帰り際には、脅しているつもりの口調で、すぐにまた会うことになる、と言っていた。まるで素人だ」

「ちょっと待った。きみは刑事をここに入れて、毒物棚も見せたのか」

「ああ」

「毒物を」

「そうだ」

「その棚にヒ素は？」

「ある」

「で、今度の日曜日に、またあの刑事に事情聴取される」

気分が悪くなってきた。

「そのとおり」

彼女は一語をゆっくりと発音した。そうしないとぼくが理解できないみたいに。

ぼくはしばらく彼女を見ていた。まだほかになにか知っているにちがいない。

「わかった。それじゃ、容疑者候補のリストを作る必要があるな。警察に渡せるような、なにかを用意しないと。きみが――ぼくたちが――できるだけ怪しまれないように」

ぼくは彼女に背を向け、本棚の側面に一枚の包装紙をテープで貼りつけると、その一番上に〝容疑者〟と書いた。

「ワトスン。きみには思い当たる容疑者などいないだろ」

ぼくは彼女をにらんだ。彼女は煙草を口に運んでゆっくり吸った。

ぼくたちのあいだには暗黙の了解がある。彼女がバイオリンケースの薬物の瓶をすでに捨てたので、ぼくはそれをチェックするのをやめた。そういうわけで、このところ彼女の指先にはいつも火のついたラッキー・ストライクがあるけれど、それは彼女が自分を死に追いやらない（少なくとも急には死なない）薬物を試しているんだと理解することにしている。

でも、おかげで換気していないラボがだんだん有毒な煙地獄になっていく。ぼくのがまんの限界点は、すぐそこだ。それでも、ホームズはすわって煙草をふかし、ぼくはひとつも文句を言わない。

「図書館から『シャーロック・ホームズの冒険』を借り出した人物はどう？　記録が残ってるはずだよ」

「訂正しておく。現場に残された本は新着図書で、まだ一度も貸し出されていない。書架から盗まれたのだ。現在、図書館のデータベースでは〝紛失〟扱いになっている。本の現物は警察が押収したから、わたしが調べることもできない」

「敵はどう？　ドブスンの敵をリストにするのは可能だ」

「そうなると、学校の女子全員を書き出さないと」

彼女の目が暗くなった。

「とはいえ、去年わたしが調査してわかったところでは、わたしだけだ。彼と……口論した者は」

ぼくは唾を飲みこんだ。

「だったら、ぼくたちの敵対者ならリストにできるだろ」

「きみに敵などいない」

「元カノならいる。英国人の子。アメリカ人の子。スコットランド人の子も。フィオーナなら、毒物を入れるタータン柄の薬品箱を持ってるかも」

フィオーナの敵対行為といったら、せいぜいクラスのみんなが見ている前でぼくをふることぐらいしか想像できないけど。

ホームズが眉を上げ、「話にならない」と煙を吐き出す。

その手から煙草を奪い取って床で踏み消してやりたかったけど、ぐっとがまんした。

「ぼくはずっと寝てないんだ。なぜかと言うと、きみか、ぼくか、罪のない食堂のおばさんがぬれぎぬを着せられるのが心配で。今やぼくたちには、殺人も辞さないっていうファンクラブができたんだからね。頼むから、きみもリスト作りに協力してよ」

彼女は精神を集中させるように目をすがめてから、ようやく告げた。

「アバーガベニー侯爵。わたしは彼の馬小屋に火をつけたことがある。九歳のときだ」

「いいね。……スペルはわかる?」

彼女は無視して続けた。

「クリストフ・デマルシェリエも加えていいだろう。デンマーク人ではなくフランス人の化学者だ。それから、ランディンガム伯爵夫人。トレイシーはわたしのことをずっと嫌っていた。兄のマイロのことも。もっとも彼女の心を傷つけたのは兄のほうだがね。ああ、ルツェルンにあるインスブルック校の女性校長も候補だ。チェスではずいぶん負かしてやったから。あとは、卓球チャンピオンのクエンティン・ワイルド。彼のチームメートのベイジルとトムも書いておいたほうがいい。トムのスペルは〝h〟入りだ。ふたりの名字は思い出せないな。どういうわけだろう」

「それで終わり？　貴族や議員を忘れてない？　王室のだれかとか？」

彼女は煙草をひと口吸い、その拍子にひどく咳《せ》きこんでから、言った。

「そういえば、オーガスト・モリアーティがいた」

まるで、わざとその名前をあとに持ってきたみたいだった。

「そのモリアーティには、どんな喧嘩《けんか》を売ったの？」

ジェームズ・モリアーティ教授は、かのシャーロック・ホームズにとって最大の敵だった。ある意味、その名は名探偵と同じくらい広くとどろいている。ロンドンの犯罪界に黒幕として君臨したこの天才は、よく知られているように、スイスにあるライヘンバッハの滝でシャーロック・ホームズと格闘したすえに命を落とした。その対決のあと、シャーロックは自分も死んだかのように偽装した。正体を隠してモリアーティの手下たちを追跡してつかまえるためだ。ワトスン博士でさえ、シャーロックが完全に死んだと思った。公式の小説では語られていないが、確かな筋から聞いた話によると、三年も消息不明だったホームズが診察室にひょっこり姿を見せたとき、ひいひいひいおじいちゃんは昔の相棒のあごに強烈なパンチを食らわせたらしい。

前にも言ったように、ぼくは手本になるようなおとなに恵まれていない。でも、それはシャーロット・ホームズについても言えることだ。

彼女は煙草を灰皿に乱暴に押しつけた。

「それはどうでもいい」

その声には痛みのようなものが感じられたけど、ぼくは話をそらすことができなかった。

「モリアーティ教授にはいまだにファンがいるんだよ、ホームズ。信奉者がね。英国の連続殺人犯たちがもっとも影響を受けた人物としてあげるのがモリアーティだって、きみは知ってた？　それに当局は、モリアーティに盗まれた美術品をまだ全部取り返せてない。言うまでもないけど、子孫たちは積極的に彼の精神を引き継ごうとしてる」

ぼくは名前に下線を引いた。オーガスト・モリアーティ。今まで彼について耳にしたことはなかった。

「ぼくだって、あれから百年以上もたっているのはわかってるよ。けど……」

「人間というのはそれほどまでに無慈悲に過去にしばられるものではないと思いたい」

そう言って立ち上がった拍子に、毛布がすべり落ちた。彼女は短いプリーツスカート姿だった。すそをさらに短くするようにウエストで折り返していて、白いオックスフォードシャツは第四ボタンまではずしてある。

こんな格好をするのは、捜査のためだろうか？　それとも別の目的で？　いったいなにをしてるんだ？

ぼくはぎこちなく咳払いをした。彼女はいつもの気まぐれで、一瞬ほほ笑みを向けてきたかと思うと、ソファの下から箱を引っぱり出した。

箱の中身はウィッグのコレクションだった。数十種類のかつらがそれぞれ柔らかいメッシュの袋に入れられ、色ごとに整理されている。ホームズは箱から取り出した手鏡でちらっと自分の顔を見てから、髪をひっつめにしてまとめた。

「この話は終わりってこと？」

ぼくの質問は空中に消えただけ。なんの意味もない。ぼくの負けだ。彼女はオーガスト・モリアーティのことを話したくない。だから、話さない。なにを言ったところで気が変わることはない。

彼女が変装する様子を見ていたら、ぼくの怒りはいくらかやわらいだ。その手際のよさといったら、まるで弦を調律するバイオリニストみたいだ。ストッキングキャップをかぶって地毛を押さえてから、毛先がカールした長い金髪のウィッグを着ける。それから、膝で器用にはさんだ小さな鏡を見ながら、熟練の手つきでメイクアップだ。なんていう化粧法か知らないけど、ぼくを見上げた顔には愛らしい目がきらきら輝き、頬はピンク色、唇はグロスでぬれたように光っていた。そこへ、香水をさっとひと振り。バッグからビニール製のつめものをふたつ取り出すと、恥じらいのかけらもなく、ひとつずつブラの中にすべり込ませた。

ぼくは後ろを向いた。顔がほてっていた。

「ジェイミー？　あんた、だいじょぶ？」

陽気なアメリカ英語の声が、ぼくの前に回りこんできた。

その姿はいかにも男心をそそる感じで、ラインが直線的だった身体の部分が、すべて曲線を帯びている。それまでホームズの立ち姿が完璧だと意識したことなどなかったのに、ニーハイソックス（！）を着けてだらしなく立っている彼女を見たとたん、その完璧さがすっかり消えていることに気づかされた。金髪のウィッグとメイクによって明るさと立体感が加わったグレーの瞳から感じられるのは、愛嬌《あいきょう》だ。彼女の目に愛嬌があったなんて。そのまなざしからは、なんだかふしだらな感じを受けた。

「あたし、ヘイリー」

彼女は間のびしたカリフォルニア訛《なま》りで言った。

「今度、ここの生徒になんの。来年とか。ママも街に来てんだけど、ほら、ひとりでキャンパス見てみたいし。パーティって、今夜?」

指でぼくの胸をさわってくる。

「あたしのこと、誘ってみる?」

人生で、これほどおぞましい気分になったことはない。

思わず後ずさったら、化学実験テーブルにぶつかってしまい、がちゃがちゃと音をたてたビーカーのひとつが床に落ちて割れた。そのとき、ホームズが本人に戻った。かりそめの姿の下で、彼女の表情はきびしく、謎めいていて、それから……喜んでいた。

「よかった」

彼女はいつものハスキーな声で言うと、バックパックにいろいろと手早く放りこんだ。

「きみがヘイリーに嫌悪を抱いたなら、彼女はまさに目的にかなっている」

「目的?」

「少しの辛抱だ。あとでなにもかも明かすと約束する」

彼女は容疑者リストの一番下にある名前をちらっと見た。オーガスト・モリアーティ。

「すべてを話すよ、ワトスン。だが、今はだめだ」

「そんなのずるいよ」

「確かに」

ホームズはひとりで笑みを浮かべた。

「今夜のポーカー大会で、もっとくわしく話せると思う。その場にはわたし自身として姿を見せる」

「だれも来るもんか。みんな、ぼくたちのことを殺人犯だと思ってるんだから」

「だれもがやってくる。われわれのことを殺人犯だと思っているからこそ」

「ぼくが行く気になればいいけどね」

「ああ。きっとそうなるだろう」

「わかったよ」

ぼくは両手をあげて降参した。またも彼女の勝ち。チェックメイト。

彼女はすでにドアまで歩いていて、そのたった五歩のあいだに、もうホームズじゃなくなっていた。

肩ごしにいたずらっぽく手を振って、ヘイリーは言った。

「じゃあね、ジェイミー」

ひとり残されたぼくは、しかたなく床に散らばったビーカーの破片を片づけた。

ぼくたちが怪しい有名人だからか、それとも目前に迫ったホームカミングのパーティがもたらす高揚感のせいか、理由はよくわからないけれど、集客に関するホームズの予測は正しかった。十一時半にぼくがスティーブンスン寮に着いてみると、地下の炊事場は人でいっぱいだった。男子新入生の何人かは外の共用スペースに追いやられてファイブ・カード・スタッド・ポーカーをやっているし、ぼくはドアまで行くのに、くすくす笑い合っている女の子の集団を押しのけなくてはならなかった。ぼくが姿を見せると、だれもが黙りこむどころか、くすくす笑いがさらに大きくなった。歯を食いしばりながら人をかき分けて進み、やっとのことで部屋の奥にあるポーカーテーブルにたどり着く。

ホームズはどこにも見当たらない。代わりに信じられないほど奇妙なシルクハットをかぶったリーナがいて、みんなの注目を集めていた。彼女の顔は知っていたけど、まじまじと見たことはなかった。夜中にトムから情熱的に聞かされたとおり、美人なのはまちがいない。長くてまっすぐな髪、真っ黒な瞳、褐色の肌。今夜は顔が紅潮していた。興奮とたぶんウォッカのせいで。彼女はチップの山をきれいなピラミッド型に積み重ねていて、ぼくに気づいたとたん、手招きしてきた。

リーナの隣にすわっている男子生徒は、トムじゃなかった。そいつは、ぼくを見たとたんいやな顔をして、「よう、人殺し」と吐き捨てた。ぼくは無視した。

リーナもその男子生徒を無視して言った。

「ハイ、ジェイミー。ひと勝負やる？　椅子が足りないけど、立っててもいいなら、仲間に入れてあげる」

「よかったら、この席、いいよ。ドリンクのおかわり、ほしいから」

リーナの向かい側にすわっていた女の子――名前はマリエラだと思う――が、危なっかしく立ち上がり、ふらふらとカウンターに歩いていった。カウンターには、ジョッキ入りのウォッカと得体の知れないパイナップルジュースがあるのが見えた。バーテンダー役を務めているのは、ぼくをホームカミングのダンスに誘った一年生の女の子だ。あわてて視線を避ける。ぼくが避けなくてもいい相手が、はたしてここにいるだろうか。

リーナが秘密めかして言った。

「マリエラが行っちゃって、よかった。ここの上がりのうち、五十ドルは彼女の取り分なの。取り分だったの。ラッキー」

マリエラがぼくの知っているほかのシェリングフォード高生と同類だったら、一セントだって金を忘れないだろうに。ぼくは、当座預金口座に残っているなけなしの三十五ドルを失うわけにはいかないので、ルールを知らないからしばらく見てる、とリーナに告げた。

「でも、できるだけ速やかに覚えるよ」

嘘だった。本当は知り合いがひとりもいないから、ホームズが来るまでこの席を確保しておきたいだけ。

リーナが胸に手を当てて言った。

「うそお。あなたも英国人《ブリティッシュ》？　あなたたちのしゃべりかたって、かわいいよね。大好き」

英国にいたとき、ぼくはアメリカ人の扱いだった。ここでは反対になる。

「実はこっちで生まれたんだけどね」

「ゲームを続けるのか、続けないのか？」と、リーナの隣にいる男子生徒がきいた。

「やらない。あんたたちだけで好きにやって。わたしはジェイミーと話したいから」

リーナはチップをドレスのポケットにつめ込んで、ぼくを脇に引っぱっていった。ぼくは呼び名を正さなかった。ジェームズと呼んでくれと頼むのは、もうあきらめた。

「これだけはわかって。あなたやシャーロットがリーを殺したなんて思ってない。だって、そうでしょ！　あなたはすてきだし。ほら、そうやって赤くなると、なおさらすてき。あなたって、彼女をオーガストのことから立ち直らせるために生まれてきたみたいだもん。リーのことであなたたちがボニーとクライドみたいに逃げるなんて、絶対に信じたくない。

とにかく、あいつ、最低だったから」

「オーガスト?」

　その名前を聞いて、ぼくはびくっとした。

「ええと、オーガストなんてやつは知らないんだけど、それはだれ?」

「待って。もうひと口飲んでから」

　ぼくはひどい嘘つきかもしれないけど、リーナはひどい酔っぱらいだった。

「だれって、あのオーガストよ。イギリスにいる。去年、この学校に来たばっかりの彼女は、そのことですごく動揺してた。もちろん、本人は動揺してるなんて言わないけど、電話で話してるのを聞いたの。ドアごしに聞こえちゃって。で、お兄さんが訪ねてきたんだけど、その話になると、ふたりはいつもCIAみたいにこそこそして。でも、その名前が何度も出てきた。変な名前でしょ? だから覚えてるの。で、マイロは帰ったんだけど、帰る前に〝この件はわたしがなにか手を打っておく〟みたいな感じになってて、シャーロットはそのあと、前よりずっと気持ちが落ち着いたみたいだった」

　彼女は口を押さえた。

「やだ。これ、あなたに言っちゃまずかったんだ。女どうしの秘密だから」

　今のとっちらかった話が本当はどんな意味なのか、彼女に問いただしたかった。マイロのドローン攻撃の部分を除いてだけど。

「大丈夫だよ」

そのひと言は、ぼくの頭の中にある空想の世界（だれも無惨に殺されたりせず、たったひとりの友人が自分の人生について包み隠さず話してくれる、そんな世界）から引っぱり出した。

「その話なら全部知ってる。失恋。まさに悲劇。あと、家の火事と……あの子犬たちも」

「そうなの！」

彼女はぼくの腕にぎゅっと手を押しつけた。

「ねえ、彼女とダンスパーティに行くんでしょ？　このドレス、パリから取り寄せたんだけど、ちなみにうちの家族は毎年夏になるとあっちに行くのね、で、身体に合わなくて、でも、ここらへんじゃサイズ直しができないのよ。いい店がなくて。シャーロットがきれいな黒のドレスを持ってて、あれならトムも大喜びだと思うから、貸してくれないかってきいたら、彼女、だめだって。だから、さてはパーティに行く相手がいるな、って思ったのよ。でしょ？」

ホームズがそんなドレスを持っているのは、たぶんノルウェーの外交パーティに出るために作ったからだ。そこで外務大臣をチェスで負かし、フランスとユーゴスラビアが結んだ条約文書を盗んでから、ホテルの洗濯もの入れにこっそりもぐり込んで、シュートから脱出する。

でも、どんなドレスなんだろう？　リーナがこれほど着たがるなら、よっぽどきれいにちがいない。ぼくはロングドレスを想像した。黒くてぴっちりしてて、ボンドガールが着るようなやつ。けど、ホームズに相手がいるというリーナの推測はまちがっている。ホームズがいっしょにパーティに行くつもりの男子はただひとり……。

ぼくは物思いを打ち切った。当のホームズはいったいどこにいるんだ？　もう真夜中すぎだっていうのに。

ぼくは首を伸ばして人混みを見渡しながら答えた。

「まあね。……あ、いや、ちがうよ。ホームズが踊るとは思えない。ちょっと彼女を探しに行ってもいいかな？　もう飲まないなら、そのカップを捨てといてあげる」

リーナはちょっと気分が悪そうだ。その手からカップをそっと取り上げたとき、疑問が浮かんだ。

「あのさ、リーナ。どうしてホームズはこのポーカー大会を始めたの？　だって、彼女はあまり好きじゃないだろ……」

他人が、と言いかけてやめた。

「……人混みが。大勢の人たちをもてなすのは彼女らしくないと思わない？」

「えっ。あなた、知らないの？　シャーロットは両親からおこづかいとか全然もらってないのよ。なのに、お金をじゃんじゃん使っちゃう。ネットショッピングのしすぎね。受付にいつも彼女あての荷物が届いてるから」

ぼくは笑い出しそうなのを咳でごまかした。荷物の中身はまちがいなくデザイナーブランドの服よりずっと不吉なものだ。リーナがホームズにうってつけのルームメートだってことを、あとで彼女に伝えておこう。

「とにかく、そういうこと。彼女はいつだって人の嘘を見抜いちゃうから、お金を稼ぐのにポーカーはぴったりだと思う。笑っちゃうよね」

トムがリーナの背後にそっと近づいてきて腰に手を回し、頬にキスした。

「ベイビー、酔っぱらってるな」

「ベイビー、やめて。ポーカーをやらなきゃ。シャーロットがいないから、わたしが大もうけしてるとこなの。プラダの財布を買うんだ」

「換金する前に、おれと山分けといこう。だって、おれがきみのミューズなんだから」

トムがまたキスして、彼女は鼻にしわを寄せた。

「彼女のポーカー・ミューズ、か」

ぼくができるだけまじめくさって言うと、トムが聞こえよがしにささやいた。

「シャーロットがジェイミーのミューズだってほうに、おれは賭《か》ける」

「うん、それいいわ」

リーナはそう言ってぼくの頬をさわり、ポーカーテーブルに戻ると、ひとつかみのチップをのせた。でも、彼女が目を離したすきに、トムが一部をくすねてポケットに入れた。

ぼくはリーナのカップをゴミ箱に捨てて、ホームズを探しに出た。

せっかくスティーブンスン寮にいるんだから、まず彼女の部屋をこっそり見に行く。寮母の目を盗むのは全然むずかしくなかった。今夜も受付デスクで腕を枕に居眠り中だ。一階にあるホームズの部屋はすぐ見つかった。リーナがペーパーフラワーで飾りつけたドアには、リーナの名前が紫色の筆記体で書かれたカードがとめてある。その下に、ホームズの名前が黒インクで殴り書きしてあった。鍵はかかっていない。閉め忘れたのはきっとリーナだ。ぼくは中に入った。

ぼくとトムの部屋は、だらしなさにかけては賞が取れそうなくらいだけど、彼女たちの部屋はそれとは大ちがいで、女子寮ならではの整理整頓が行き届いていた。リーナの使っている側は色とりどりで、大きなクッションや鮮やかなタペストリーがあって、机の上で閉じてあるノートパソコンはステッカーまみれだ。コルクボードにピンでとめてある写真は、若き日のケーリー・グラント。そのまわりには、歌詞を書き写した付箋紙が貼ってある。机の上には置き忘れの鍵。だいたい想像していたとおりの部屋だ。

ホームズの側にはもっと興味があったけど、まるで彼女自身の痕跡をきれいさっぱりぬぐい去ったみたいだ。科学実験棟四四二号室を彩る最高に風変わりな彼女らしさは、ここには影も形もない。机の上もそっけなくて、置いてあるのはデジタル時計のみ。その上のコルクボードには、〝大好きなわたしの友だちへ xo リーナ〟と書かれた、端のめくれた薄青色のポストイットが一枚だけ誇らしげに貼ってある（ホームズがずっとそれをとっておいているのが、意外でかわいらしい）。ベッドの上の本棚には教科書がきれいに並んでいる。ベッドカバーはネイビーブルー。その下で、ホームズが眠っていた。ウィッグがずれて、すでに落ちかけのマスカラが目の下にくっついている。

ぼくはそっとドアを閉めた。「ホームズ」とささやき声で呼んだら、彼女はまるで銃声でも聞いたみたいに飛び起きた。

「ワトスン」

彼女はかすれ声で言い、目覚まし時計を手探りした。

「ほんの少し横になるだけのつもりだった」

「いいことだ」

ぼくはベッドの端に腰をおろした。

「睡眠不足を身体が補おうとしてるんだよ。三日も寝ないのは健康的じゃない。幻覚も起きるし」

「そうだな。しかし、幻覚というのはいつも魅惑的なものだ。……それで？」

彼女の声音には〝なぜここにいる？〟が含まれていた。

「それで……そっちはどうだった？　なにかわかった？　ぼくたちをつけ狙ってるのはだれなんだ？」

ホームズはため息をついて、ウィッグとストッキングキャップをはぎ取った。

「ワトスン、頼むから」

「ぼくだって殺人の容疑者なんだよ。それに、ぼくたちは相棒だろ。そんな変な格好にめかし込んだのに、結果を教えてくれないのか？　さあ、早く」

「判明したことはひとつもない。ただのひとつも。十五人以上にのぼる一年生男子と話をしたんだ。統計的に殺人犯はたいてい男性だし、女子生徒にはどっちみちヘイリーでは効果がないから。女子にしてみたら、近くの川で溺れさせてやりたい相手だろう。結果、話をした相手はだれひとりとして事件に関与した様子がない」

彼女はまるで身体からそれを放出したかったみたいに猛然と話した。

「ひどく空腹だ。きのう食べたから、飢え死にすることはないが」

話の最後の部分は無視することにした。短いつき合いの中でわかったのは、ホームズが自分の肉体をまるで邪魔者のように扱うということだ。でも、それはまだましなほうで、最悪の場合には、積極的に破壊したい付属品みたいに思っているふしさえある。

「なにか得られたものはあったはずだよ」

「ない」

彼女は不機嫌に言った。

「まったくの時間のむだだった。今回のために、フォーエバー・エバー・コットン・キャンディの香水の残りを使い切ってしまった。再注文を余儀なくされるわけだが、あれは日本のオークションサイトでしか手に入らない上に、ひどくむかつく香りのくせにけっして安くはない。それに、あの郵送用の箱を受け取るときの屈辱といったら」

クッションの下に手を入れると、彼女は財布を三つ取り出した。

「あまりに頭に来たので、三人のポケットから抜き取ってやった。香水代にはなるだろう。あるいは、感情的損害の補塡に」

「ホームズ」

ぼくはゆっくりと言って、財布のひとつを手に取った。財布そのものが母の部屋の家賃よりも高価そうで、中も金でぎっしりだった。

「こんなことしちゃ、だめだ。返さないと」

ホームズは片方の眉を上げてみせた。

「卑劣なことをするために、わたしを酔わせようとした連中だぞ」

ぼくは財布から二十ドル札を五枚抜いて、ベッドの上に放った。

「これなら香水を買うには十分すぎる額だろ。あとの残りをどうするかわかる？」

「きみの発作的な良心を満たすために、すべて返すのか？」

「ちがう。リーナの鍵束リングに車のキーがついてる。これから真夜中の食事に出かけるんだ。それでまだ余ったら、寄付でもしよう」

「わたしはトーストを。全粒粉パンを二枚。バターなし、ジャムなしで」

ホームズはそう言ってウェイターにメニューを返した。

ぼくは彼女にきびしい視線を向けた。

「じゃなくて、彼女にはワンコイン・スペシャルを。目玉焼きと……それからソーセージの代わりにベーコンで。彼女がほかに食べたいものがメニューにないなら、それで。今のは〝追加注文〟じゃないよ」

「そういうことなら。彼にも同じものを。ただし、ベーコンではなくソーセージで。コーヒーはこのままカフェイン抜きを提供し続けてほしい。レギュラーでないのはもともとそちらの手ちがいだが、こちらには好都合だ。彼は寝ていないと、ひどく気短かになるのでね」

ウェイターは注文を書きとめ、「五十周年おめでとう」とつぶやくと、次のテーブルに移っていった。

「ウェイターのことはそっとしておこう。ここ三年、ガールフレンドがいないんだ。靴を見たか？　靴ひもが白い。あれだけでわかる」

ぼくはこらえきれずに笑ってしまった。そしたら、光栄にもホームズから一瞬の笑みをたまわった。彼女はマスカラをほとんど落とし、ウィッグもはずしていたけど、まだクリスマスツリーみたいに着飾っている。本人をおおう仮面の薄膜が見えるのは、ちょっと変な気分だ。

ホームズが水をすすって言った。

「このレストランには、夜中の二時に早い朝食をとる客が少なくとも五十人はいる。どの客も二十歳未満。そのうち四十八人は今朝の朝食を抜いている。向こう側にいる新入生のウィル・ティルマンは朝食の習慣がなく、この店に来ているのは、おそらく麻薬を買うためだろう。この店がなぜこれほどの人気なのか、さっぱり理解できない」

「それは、きみにロボットみたいなところがあるからだよ」

親しみをこめて言ったつもりだけど、彼女は心外そうな顔つきをした。

「それで、正体を隠して調査に行けるのはきみだけ？　それとも、次はぼくが変装しようか？」

「なにか心づもりがあるのか？」

「ぼくが女子の新入生たちにヘイリーを試してみるわけにいかない？」

彼女がまた鼻を鳴らした。

「無実の十四歳たちをまだ追うにしても、きみはニーソックスが似合うほどかわいらしくない」

「でも、知性ゼロのラグビー野郎のキャラならばっちりだ」

「そんなことはない。ああ、言っておこう。きみの深刻な怒りの問題を軽減するにはラグビーなどなんの役にも立たないと、かかりつけのセラピストに告げたほうがいい」

「セラピストにはかかってない。スクールカウンセラーだよ」

彼女はほくそ笑みを噛み殺した。

「同じことだ。きみが始めるべきなのは、ボクシングか、もしくはフェンシング……」

「フェンシング？　いつの時代の話さ？」

「……あるいは、犯罪の解決」

「きみの仲間になる処方箋を書いてくれるの、ドクター？」

「探偵くん、わたしの考えを正確に読めるようだな」

彼女がグラスをかかげ、ぼくは自分のをカチンと合わせた。

ぼくは幸せな気分でいっぱいになった。店内は暖かいし、照明も温《ぬく》もりがある。厨房《ちゅうぼう》ではだれかがぼくたちのためにパンケーキを焼いてくれていて、目の前にはシャーロット・ホームズがいる。

くつろいだ気分になり、頭の隅に引っかかっていた疑問をぶつけてもいいかなと思った。

「あのさ、ききたいことがあるんだ。もし失礼に当たったら、そう言って」

ホームズは頭を少しかしげた。

「ぼくの両親は……」

適切な言葉を見つけるのに、しばらくかかった。

「ええと、ぼくのおじいちゃんは知ってのとおり、受け継いだシャーロック・ホームズの小説の権利を、ギャンブルの借金を返済するために売っちゃった。だから、ワトスン家の人間はもう重要人物じゃない。少なくとも世間の目にはさらされない。たまに記者会見に引っぱり出されることはあるけど、父の商売は大西洋を股にかけた貿易だし……実際はそれほどたいそうなもんじゃないんだけど……母は銀行勤めだ。だけど、きみたちホームズ家のほうは、何代にもわたってヤードの相談役を務めてる。それなら、彼らはどうしてぼくたちを助けてくれない？　きみの一族はいったいどこにいるの？」

「ロンドンに」

はぐらかすような答えに文句を言おうとしたら、彼女は手をあげてぼくを制した。

「ロンドンに、彼らはとどまる。けっして干渉してこないだろう」

「でも、なんで？　きみが干渉するなって言ったの？」

彼女はボックス席の背もたれに寄りかかり、曲げた左腕をこすった。

「いいや。シェリングフォードに入学するまで、わたしが自宅で教育を受けていたと話したのを覚えているか？　そもそもわたしがこっちに来ることを、きみは変だと思ったことはないか？」

「ないよ。だって、家族が部屋をがさ入れして、きみがドラッグに手を染めているのに気づいたから、罰としてアメリカに行かせた……ぼくはそう想像してる。今夜リーナから、ご両親が経済的援助をしてないって聞いたとき、やっぱりそうだと思った」

ホームズは目をぱちくりさせてぼくを見た。そして突然、びっくりするほど大きな声で笑い出した。そこへウェイターが料理を運んできた。ぼくたちはとんだ見せものだったにちがいない。両手に顔をうずめて笑っているホームズに、それをテーブルの反対側からにらみつけているぼく。

「ぼくが自力で謎を解いた部分がそんなに笑えるなんて、言ってほしくないな」

ぼくはソーセージにフォークを突き立てた。どうにか落ち着いた彼女が応じた。

「そうじゃない。わたしが笑ったのは、きみがまさか謎を解くとは考えてもみなかった自分の愚かしさに対してだ。きみの言ったことはまったくもって正しい」

「ご両親が援助しないのは、きみが金をドラッグに使うと思ってるから？」

「いいや。わたしが娘としてふさわしくないと両親が判断したから」

彼女はグラスの水を指でかき回して氷を鳴らした。

「両親の目には、わたしの悪習が勉学の妨げになっていると映るらしい」

思わず彼女をじっと見返した。なんて弱々しくて、やせていて、悲しげなんだ。彼女が笑うと、いつもびっくりしてしまう。実際、ホームズ家で幼少期をすごすというのは、どんな感じなんだろう。窓には長いベルベットカーテンがさがっていて、読書室には珍しい本がいっぱい。隣の部屋からは声をひそめた論争がいつも聞こえてくる。目隠し状態で家のまわりを歩かされ、訓練としてドアというドアに耳を澄ます妹と兄。おたがい以外の相手に親しい感情を持つとしかられる。まるで映画みたいだけど、そんな生活は地獄だったにちがいない。

「食べなよ」

皿を押しやると、彼女はぼくに気をつかって、ベーコンをひと口だけかじった。

「探偵になるのは、本当にきみの望みだったの？」

「そんなことは問題ではない。わたしは子どものころから事件を解決してきた。その方面では有能なんだ。どれほど自分の有能さに誇りを持っているか、きみにわかるか？」

ぼくは間髪をいれずにうなずいた。彼女の瞳は燃えるようだった。

「だが、わたしは二番めの子だ。兄のマイロは、両親の望むことにはすべて応えてきた。それが報われたとも言える。マイロは世界でもっとも力を持つ人物のひとりだし、もう二十四歳だしね。だが、わたしのほうは……やりたくないことには、いっさいの関心がないから」

「つまり、ご両親はきみをただ待たせるためにアメリカに送った？」

ホームズは肩をすくめた。

「あのときは〈デイリー・メール〉に派手に書き立てられたよ。きみは調べてみる気があるか？」

「まさか」

ぼくは本心から言った。事実を調べ上げて彼女にまつわる空想物語が砕け散ってしまうのを、ずっと恐れてきた。

「きみがそうしてほしいなら別だけど」

「どうせ意味はない。ウェブ上にあったスキャンダルは、マイロが一語残らず消去させたから。それに、そのことについて、きみにはなにも知ってほしくはない。今はまだ。いずれにしても、ひどいものだった。なにしろ連中はわたしのミドルネームまで記事に載せたのだからね」

話題を変えようとしているのがわかったので、ぼくも合わせた。

「レジーナ？　ミルドレッド？　ハルガかな？」

「そのどれでもない。きみの最初の質問に答えると、この抜きさしならぬ状況はわたしが自力で解決しなければならない。もちろん、両親に電話して〝刑務所に入れられそうだから助けて〟と訴えたら、きっと助けてくれるだろう。両親は、自分たちがいないと今の娘では危機を脱せない、と考えるから」

「きみならきっとできるよ。たとえ誤った思いこみだとしても、ぼくはそう信じる。そうでなきゃ、今度の日曜にシェパード刑事に宣告されちゃう。徹底的な捜査の結果、きみたちが世界中でもっとも罪深い殺人犯であることは明白だ、って」

「彼はそんなことを言う気はない」

　彼女はもうひと口かじった。

「わたしが食べたいのがベーコンだと、なぜわかった？　同じように推理したのか？」

「当てずっぽうさ。パンケーキも食べてみて。うまいよ。小学生のとき、父がよくここに連れてきてくれたんだ」

「知っている。きみはメニューを見ずに注文していたから」

　それからしばらく、ぼくたちは無言になった。気づまりな沈黙じゃない。先に食べ終えたぼくは、ホームズがパンケーキを食べる様子を眺めた。小さく切り分け、ひとつずつメープルシロップにひたしてから、口に入れる。こうやってのんびりできる場所があってよかった。シェリングフォードには、ホームズのラボ以外にぼくが落ち着ける場所などないから。彼女が食事を終えるころには、すでに午前三時近くになっていた。

　ぼくはきいた。

「次はどうする？　新入生の男子を容疑者から除外すれば、少なくとも新しいスタートラインに立つことになる」

「希少動物を扱うライセンスだ。まずは個人所有者、それから動物園。朝になったら、この近辺で毒ヘビを飼育している人物を探そう。きっと盗難被害があったはずだ。まちがいなく警察もその線を捜査ずみだろうが、わたしなら彼らの見落としを発見できる。それに、明日はだれもがホームカミングの準備で忙殺されるから、われわれは比較的自由に動き回れるはずだ」

具体的な計画があるというのはいいものだ。また少し心が休まるのを感じた。

ホームズが咳払いのあとに妙な声で言った。

「ワトスン。わたしをダンスに誘うつもりだったのではないか？」

「ちがうよ」

ぼくの返事はちょっと早すぎたかもしれない。ミラーボールの下、全米トップ40に入っている曲で踊りまくるホームズの姿を思い描こうとしてみたけど、クジラがダンスするところを想像するほうがまだ簡単だ。あるいはガンジーでもいい。

それから、別の想像をした。スローテンポのままあの曲、暗く落とされた照明、ぼくの腕の中にいるホームズ……。ぼくはグラスの水を一気に飲み干した。

「きみは誘ってほしかったの？　だって、そんなふうに見えなかったから」

「ワ、ワ、ワトスン」

そこにある響きが警告なのか、親愛なのか、ぼくにはわからなかった。でも、そもそも彼女のことをわかったためしがない。

　この話題には、甲冑《かっちゅう》と長さ三メートルの槍《やり》で武装した上じゃないと触れたくなかった。最初に話をしたとき、そういう方面に近づかないように彼女から警告されている。

　ぼくはリーナの車のキーをつかんだ。

「さてと。きみのところの寮母が千年の眠りから覚める前に帰らないと」

　ぼくは店のドアを開け、彼女のために押さえてやった。駐車場はがらがらだ。目をすがめて暗さに慣らそうとしたとき、駐車場の奥で黒いセダンのエンジンがかかった。

　セダンはライトもつけず、猛スピードで駐車場を出ていく。

　ぼくは凍りついた。

「ホームズ？　あの車、ぼくたちを見て逃げたのかな？」

　彼女はすでにリーナの車に向かって走っていた。

「早く！」

　ぼくは手間取りながらドアロックを開け、車を区画からバックで発進させて駐車場の出口に向かった。ホームズはもどかしげで怖い目になっていたけど、なにも言わないので、ほっとした。ロンドンにいたとき、ぼくは車をあまり運転していない。母の車を駐車場で転がしただけだ。それも一度だけ。

でも、生まれて初めて路上運転した夜にカーチェイスになだれ込むのが、ぼくの運命らしい。

通りに出たとき、映画とはちがうじゃないかと、苦い気分になった。車の往来はなく、はるか遠くで、ふたつのライトだけになったセダンが街のほうへ向かっていく。追いつくのは至難の業だ。外灯の光に照らされたセダンは、赤信号をひとつまたひとつと突破しながらシェリングフォードの街を抜け、ぼくたちを引き連れて海岸のほうへひた走る。

ホームズは、いつの間にか折りたたみ式の双眼鏡を目に当てていた。身を乗り出し、フロントガラスごしに前方を凝視している。

「車には男がひとり。黒いコート、深くかぶった黒い帽子。その下から金髪が見える。顔は見えない。前の座席に……ケースが置いてある。昔なじみの売人がいつもああいうケースを持ち歩いていたな。その中に……」

「売人？」

「そうだ」

ＢＢＣのリポーターと話をしていたみすぼらしい顔のことを考えた。――このイカれたカルトの教祖はシャーロット・ホームズで、ジェームズ・ワトスンは言ってみりゃ、その怒りっぽい子分だってよ――。

「ぼくの知ってるやつだと思う。でも、あれが売人なら、なんでぼくたちから逃げるんだ？」

相手にぐんぐん迫る中、彼女が警告の声を発した。

「ワトスン」

速度が時速百二十キロを超え、百三十キロになっていた。

「スピードを落とせなんて言わないよね？」

「いいや。もっと速く、と言いたかった」

暗い農地や木立が後ろに飛びすさっていく。釣り餌の店や安モーテルといったわずかな文明社会も流れ去る。ぼくの脳みそは車と同じくらい高速で考えをめぐらせた。もしも今、警察につかまって学校に連れ戻されたら、ぼくたちは時間外無断外出の規則違反で退学させられてしまう。もし前の車がブレーキをかけてスピードを落としたら……

ぼくたちは死ぬだろう。

ハンドルを握る手に力をこめる。速度をゆるめる気はない。ようやく具体的ななにかをつかみかけているんだ。手がかりがほしい。本物の手がかりが。あとほんの少しだけ近づくんだ。

次の交差点で、売人は右に急ハンドルを切った。不意打ちでぼくたちをまく気だ。そのとき、彼の車がコントロールを失った。明るい外灯の下、スピンしながら道路の中央をすべり、シャッターの閉まったガソリンスタンドに面した縁石に乗り上げて止まった。

ぼくは急ブレーキを踏んだ。車はテールを振りながら、前の車に突進していく。

ホームズの手から双眼鏡が吹っ飛び、フロントガラスにぶつかってひびを入れた。

セダンの五十センチ手前で、ぼくたちの車は身震いするみたいに停止した。

前は意識しなかったとしても、今ははっきりとわかった。ぼくはシャーロット・ホームズのようにはいかない。これからも、けっして彼女みたいになれない。ぼくが呼吸のしかたを思い出しながら、やっと震える指でシートベルトをはずそうとしているときに、ホームズはとっくに車から飛び出し、黒いセダンのドアをこじ開けていた。

そのとき、売人が助手席側のドアから逃げ出した。

「ホームズ！」

ぼくは叫びながら車から転がり出た。

「ホームズ！」

ここは人里離れている。二車線道路の両側は密生した木々と深い茂み。

ホームズは「止まれ！」と叫びながら、彼を追って真っ暗な森に飛びこんでいった。

ぼくもふたりのあとを追った。

まるで悪夢だった。走ると、細い枝が激しく打ってくる。顔も腕も痛くてたまらない。何度か木の根につまずいて地面にたたきつけられ、立ち上がるたびにふたりからますます引き離されていた。

突然、子どものころにこんな暗い森で鬼ごっこをしたことを思い出した。焼けこげた木の幹の後ろに隠れていたら、暗闇から鬼の白い手がにゅっと出てきてタッチされ、そのとたんにかすれた悲鳴を上げたのを覚えている。

今夜はあのときとまったくちがう、とは思えない。

ホームズの姿はずっとずっと遠くにある。彼女はつまずかない。転びもしない。まるでネコみたいに闇を駆け抜けていく

ほどなく彼女は見えなくなってしまった。

「戻ってこいよ！」

ぼくは叫んだ。足をすべらせ、とうとう立ち止まっていた。

「あきらめろ！」

売人が茂みを駆けていく音がかすかに聞こえる。もうつかまらないだろう。それに、つかまえたところで、彼をどうすればいい？　こっちには武器もない。素手で相手を脅す方法なんか知らないし。

どこか遠くでサイレンが聞こえる。

「ホームズ！　だれかが警察を呼んだぞ！」

少し先で声がした。

「なんだ、ワトスン。わたしならここにいる」

ホームズがそこに立って息を整えていた。薄闇を通して見えたその顔はすり傷だらけで、きびしい表情だった。でも、目だけは追跡による興奮で輝いている。

「車に戻らないと」ぼくは言った。「今すぐに」

道路まで引き返してみると、警官の姿はまだなかったものの、サイレンの音が大きくなっていた。今のところ、ぼくたちはあらゆるものから隔絶されている。

ぼくがリーナの車を始動させているとき、ホームズは売人の車を急いで捜索し、携帯電話で写真を撮っては、シャツの布ごしにいろいろとさわっていた。もちろん指紋を残さないための用心だ。ぼくは声を低めて言った。

「行こうよ」

車に乗りこんできた彼女は、ポケットに小さなものを入れた。

「車をガソリンスタンドの裏手に回すんだ。店主のトラックの隣に駐《と》めたらエンジンを切って、身を低くする」

彼女に言われたとおりにしたちょうどそのとき、後部ウィンドウごしに赤と青の光が射しこんできた。息を殺していると、パトカーがガソリンスタンドの周囲を回り、ぼくたちの背後で速度をゆるめた。ドアが開き、閉まった。足音が後部側から近づいてくる。警官が車内をフラッシュライトで照らしたら、いや、車内をちらっと覗いただけでも、ぼくたちの姿が見えるだろう。ぼくは吐きそうだった。

なにか大きなものが金属とぶつかる音がした。警官がぼくたちの車のトランクの上にバッグを落としたらしい。

警官ふたりのくぐもった会話が聞こえてきた。

「手袋を出さないと。運転者が近くにいるのはわかってるんだ」

「ああ、急げよ」

「手がかじかんでる。ちょっと待ってくれ」

「単独事故のようだ、テイラー。酔っぱらいが森のどこかをうろついてるな。連絡を入れたほうがよさそうだ」

テイラーが手袋を見つけたらしく、再び足音がした。遠ざかっていく音だ。パトカーがゆっくり道路に戻っていく。ふたりの警官が車を降りてもう一度セダンを見に行く音。

ホームズが気味の悪い満足顔を向けてきた。彼女は正しかった。ぼくたちは見つからなかった。ハンドルの下にうずくまったまま、ぼくは両手で顔をこすった。こんな調子だと、ぼくの命は今年いっぱいもつかどうか。

黒いセダンを調べているふたりの警官の話し声が聞こえる。でも、話の内容は聞き取れない。彼らがなにかをいじくるあいだ、永遠とも思える時間がすぎた。警告灯が光り続けている。ぼくはなんとか目を閉じないようこらえていた。座席の足元に丸まったホームズも、警戒の姿勢をくずさない。ぼくたちの無謀な追跡劇は、人目を忍んでいたわけじゃない。もしだれかが通報したのだとしたら、警察はこの事故にもう一台の車がかかわっていると知っているはずだ。警官がぼくたちを探しに戻ってきたらどうしよう。ぼくは気を静めようと、座席の隙間に両手を突っこんだ。

それから、やっとのことで、本当にやっとのことで、音が聞こえてきた。まぎれもなくセダンを引っぱっていくレッカー車のうなり。パトカーもそのあとを追いかけていった。

ぼくは目を閉じたけれど、まだ警告灯の光がまぶたの裏でまたたいていた。

ホームズが完全に警戒を解いたのは、さらに三十分が経過してからだった。

「できればもっと長く待つべきだが、じきにガソリンスタンドが店を開ける。こんなところでつかまっては元も子もない」

起き上がって運転席に戻るとき、全身の関節がぽきぽきと音をたてた。ルームミラーに映った顔には、鋭い枝の先で打たれた線がいくつもあった。

「まったく、もう」

ぼくは実感をこめて言った。ホームズは首を鳴らしている。

「みんな、あの売人のせいだ。たぶん、ぼくたちに追われてるって勘ちがいして逃げたりするから、こんなことになったんだ」

「売人ではない。もっとたちの悪い相手だ」

心臓がどきんと鳴った。

「それって、たとえば？」

「どうにも腑《ふ》に落ちない。助手席に粉末がこぼれていたから、商品を自分で試していたように見えるが、だとしたら、彼はなぜあれほどの健康体でいられるのか。なぜ四百ドルもする靴を履いていながら、オリンピックの短距離選手並みに走れるのか。もし彼が本当に売人だとしたら、わたしが今までに接してきたどのタイプともちがう。あれが学内で麻薬密売をしているルーカスだったら驚きだ」

「どうして？」

「走りかたが、まるで兄の部下のひとりのようだった」

「顔は見た？」

彼女はかぶりを振った。

「なら、どうやって……いや、待った。お兄さんの〝部下〟？」

「総勢で数千人いる。それなら、きわめて合理的に説明がつく。兄が部下に命じて、ずっとわたしを尾行させていたんだ。思うに、そのひとりがわれわれと出くわしてしまい、あわてふためいたのだろう」

じっくり考えてみる。

「すべてはお兄さんがきみについて調べ上げるため？　でも、きみのお兄さんは……味方だろ。納得できないよ」

「きみを評価することが、どうやらマイロの意図らしい。きみの友情がどこまで本物なのかを確かめる。友人……と呼べるようなものが、わたしにはかつてひとりもいなかったから」

「そんな……」

「わたしは兄がきみを尾行することなど望んでいない。きみがそのような仕打ちを受けていいわけがない。まちがったことをなにひとつしていないのだから」

「きみは、してきた」

ぼくは穏やかに言った。

——わたしの悪習が勉学の妨げになっていると映るらしい。

ぼくたちはたがいに見つめ合った。彼女は唇を嚙み、息を吸って今にもなにか言おうとしたけれど、結局、顔をそむけてしまった。

しばらくしてから、ぼくはきいた。

「なにか見つかった？　ポケットに入れてたのは、なに？」

「戻ろう」

ホームズはぼくのほうを見ずに言った。ぼくは彼女の上着の四角いふくらみを見ないようにしながら、車を発進させた。

どちらも口を開かなかった。その代わり、ぼくはラジオをつけた。静かに窓の外を眺める彼女の顔を外灯が白く染める。

ホームズの考えていることはわからない。見当もつかない。でも、ぼくは、そんな状態もいやじゃないと思い始めている。わからなくても、彼女なら信用できる。彼女という土地に足を踏み入れたら、ぼくは迷子になり、目隠しされ、道をまちがえて毒づくかもしれないけど、それでもやっぱり、ほかのだれよりもその土地にまた行きたいと思うにちがいない。

第五章

ダンスパーティの夜、ぼくは宿題の遅れを取り戻すことに決めた。

トムは、ぼくの決心がどれほど非常識かを数時間にわたって力説してから、パーティの支度を始めた。鏡の前でめかし込む様子を横目でうかがっていたら、彼は意志の力をフルに発揮してパウダーブルーのスーツを着こなした。ぼくの目から見ると、まるでバディ・ホリーのイカれた従兄弟みたいだ。トムはぼくに、本当に行く気がないのか、ともう一度念を押してから（「マリエラは相手がいないし、彼女はきみを殺人犯だと思ってないぜ！」）、ようやくリーナを誘うために出かけていった。

ひとり残されたぼくは、ホイートリー先生から出された詩作の宿題に取りかかることにした。雰囲気を出すためにコンタクトをはずし、縁の太い眼鏡をかけてみる。

ペンを動かしながら、何度か問いかけた。ぼくはいったいなにをやってるんだ。

というのも、以前のぼくはダンスが好きだったから。つまり、女の子をダンスに誘うのが好きだった。そう。ぼくは純粋に女の子が好きなんだと思う。クラスで女の子たちからはにかむ表情を向けられるのが好きだったし、髪から花の香りがするのも好きだったし、曇った日の午後にいっしょにテムズ川沿いを歩きながら嫌いな先生や読んでいる本や放課後になにをしてるかについておしゃべりするのも好きだった。

なのに、そうした記憶が頭の中でごちゃまぜになりつつある。雪の夜にフィッシュ＆チップスを食べに行ったのはケイトだったか、フィオーナだったか、イチゴにアレルギーがあったのはアナだったか、妹のシェルビーが崇拝していたのはメイジーだったか、今となってははっきりしない。ぼくの憧れの女の子、柔らかい巻き毛の持ち主で、つき合う男がひどいやつばかりだった、あのローズ・ミルトンのことさえ……。たとえ彼女がシェリングフォード高校にあらわれて、いっしょにダンスに行こうと誘ってきたとしても、はたして今夜は部屋を出たかどうか。

たとえ、ぼくを誘いに来たのがホームズだったとしても、だ。

ふと思う。彼女の人間嫌いは、ぼくに対しては薄れ始めてるだろうか。

科学実験棟四四二号室に彼女をひとり残してきた。長くてたいへんな一日だったから。兄妹のあいだで繰り広げられた壮絶なメールの応酬など、まだかわいいほうだ。彼女が最初に送ったメールの文面は見せてもらえなかったけど、マイロからの返信メールは見た。

〈いいや、おまえはわたしのスパイを見つけていない。彼がいまだ拘束されていないのは明白だ。

たとえば、おまえが今、全身黒ずくめの服装であることや、ジェイミー・ワトスンがおまえに迷惑していることが、わたしにはわかる。おまえのことをいつでも見通す目が、わたしにはあるのだよ〉

彼女は猛然と返信した。

〈それはスパイ行為ではない　まやかしの素人推理だ　しかも当たっていない〉

もちろん、彼女は黒ずくめの格好だった。

しびれを切らしたぼくは、できるだけ声にいらだちが出ないようにして言った。

「頼むから、現実的な調査ができないかな」

午後は、コネチカット州でガラガラヘビを飼っている人物を探し出す作業に費やした。結果はかんばしくなかった。マサチューセッツ州やロードアイランド州にも捜索範囲を広げてみたけど、当たりは出なかった。ペットのヘビが行方不明になった飼い主はゼロ。少なくとも、危険動物とそれを愛してやまない飼い主に関する本のリサーチで電話をした元気な新米記者というふれこみのぼくに対して、ペットの失踪を認めた相手はいなかった。ホームズはというと、まだ兄とのメールに腹を立てたまま椅子にすわり、ぼくの作業を眺めていた。

とうとうぼくはリストにある最後の名前を消した。

「こうなったら動物園に電話を……」

「耐えがたいほど退屈だ。ヤードの人員が使えれば事件を解決できるのに。英国だったら、わたしの名前を出すだけで組織が動く。ところが、今はここにすわって、ジャガーをペットにしている狭量なまぬけどもが嘘をついているかどうか、その訓練を受けていないきみが電話ごしに判断するのを、ただ見ているしかないとは」

彼女はソファに身体を投げ出し、バイオリンをまるでテディベアみたいに胸に抱きかかえた。

「だったら、ゆうべ、あの車から持ち出してきたものはなに？　きみが見せてくれない、あれは？」

彼女はじっと見返してくるだけだった。

ぼくは両手をあげた。

「もういい。部屋で荷物をまとめることにする。わかるだろ。刑務所に行く準備さ」

ホームズはぼくが返事を待っていることに気づくと、弓をつかんでドボルザークのバイオリン協奏曲をかき鳴らし始めた。文字どおり、ぼくをドアの外へと追いやる演奏だった。手がかりもなければ、確かな情報もない。明日は、起訴のためにシェパード刑事が集めた証拠に対して言いわけしなくてはならないだろう。

そして、運よく逮捕されなかったとしても、ぼくにはまだ宿題が残る。

そんなわけで、ぼくは自室に残り、ノートの白紙ページを前にしている。よけいなことを頭から追い出して、宿題に集中しないと。月曜にホイートリー先生が受け持っている授業は詩作だ。ぼくは詩を作るのが苦手で、どんな助言も役に立ったためしがない。詩というのはまるでブラックホールを映した鏡みたいだし、シュールリアリズム絵画みたいに思える。ぼくが好きなのは、意味が通るものだ。ストーリー。原因と結果。

書いては消しての悪戦苦闘を一、二時間ほど続けたすえに、ぼくは机に突っ伏した。

ドアにノックが聞こえた。

「ジェイミー?」

ミセス・ダナムの声。

「お茶を持ってきましたよ。それから、クッキーも」

部屋に招き入れる。ややゆがんだ眼鏡に、ちりちりの髪の毛……彼女の見た目はあいかわらずどこか変だけど、手作りクッキーはチョコチップ入りで、まだ温かかった。

「今晩、寮に残っているのは、あなただけよ。だから、ちょっと顔を見に来たの。このところ、あなたはいろいろとたいへんだったでしょう?」

「それはどうも。まだ宿題がすんでなくて。詩作です」

「はかどってる？」

「全然」

彼女が持ってきてくれたのはイングリッシュ・ブレックファスト・ティーで、湯気で眼鏡が曇った。これでは、ぼくと彼女のどっちが英国人のステレオタイプかわからない。

「なにかアドバイスはありませんか？」

彼女は考えてから言った。

「わたしは昔からゴールウェイ・キネルの詩がお気に入りなの。〝待ちなさい、今はまだ。すべてを疑いなさい、必要ならば。でも、時間は信用しなさい。今まで、あなたをどこにも連れ去ったことがないでしょう？〟」

ミセス・ダナムの声は深くゆったりと響き、詩の暗唱にはうってつけだった。

「なにもかもが、よりすてきに感じられない？」

「感じられます」

本当にそうだといいな、と思いながら答えた。

彼女の後ろの戸口に、女の子があらわれた。

「用意はできたか、ワトスン？」

風変わりで、すてきで、いつにもましてハスキーな声とともに、ホームズが部屋に入ってきた。

ぼくは目をぱちくりさせた。髪になにかしたらしい。ふだんのつややかなストレートへアじゃなくて、未完成の巻き髪みたいに全体がふんわりとしている。黒のドレスは想像していたのと全然ちがう。見た目はまさに闇夜の空みたいだ。リーナが借りたがる気持ちがわかった。目をそらそうとしても、胸のカットに視線が引きつけられてしまう。

「すごくすてきだよ」

それは真実だった。それに、心をかき乱されるくらい女の子らしく見えた。

ヘイリーは人工材料と男のいやらしい夢から生まれたものだし、ふだんのホームズはすべてがかっちりしている。でも、目の前に立っているのは……どう言っていいか、完全に別のなにかだ。この姿が好きかどうか、自分でも確信がないけれど。左右のかかとに落ち着きなく体重を移動させているホームズ自身にも、その確信はないみたいだ。彼女はなにをたくらんでいるのだろう?

ミセス・ダナムが声をかけた。

「あら、シャーロット。あなたが来ることを、ジェイミーは教えてくれなかったわ」

「きっと忘れていたんでしょう。わたしたち、時間がないんです。ダンスパーティがもう半分まで進んでしまったから」

「わたしたちって……じゃ、ぼくは、えっと……」

ぼくは眼鏡とハイクーム校時代のスウェットパンツといういでたちだ。

ホームズは大げさにため息をつきながら、タンスをかき回し始めた。

「ズボンつり《ブレース》とはね。こっちの言いかただと〝サスペンダー〟だ。思ったとおり、きみはおかしなものばかり持っている。ほら」

彼女はそれを放ってよこした。

「これを着けさせたいのか、そうじゃないのか、はっきりしてよ」

「きみのものだから、着ければいい。革の上着と……そう、これだ、細いブラックタイ、上品なシャツ、それから、入学四日めに披露して以来一度もはいていないズボン。ダークウォッシュの。あった。ソックスに、オックスフォードシューズ」

ホームズがぼくを服でうずめるたびに、ミセス・ダナムがじゃまにならないように動き回った。ぼくは衣服の山を見下ろした。

「ぼくを流行に敏感な男に仕立てようとしてる？」

「仕立てる必要はない。時間だ。ワトスン」

「あなた、ジェイミーが着替えるあいだ、ここにいるわけにはいかないわ」

ミセス・ダナムが言うと、ホームズは片手で目を隠して言った。

「百から秒読みする。九十九、九十八……」

残り三秒のところで、ぼくたちは部屋を出た。

中庭を歩いていくと、パーティ用にすっかりライトアップされた学生会館が見えた。出入り口のドアが開くたびに、音楽の断片が聞こえた。ベンチでは男子が女子の手を握り、なにやら耳にささやいている。そのかたわらで、女の子の一団が寒さに震えながらたがいのドレスを褒め合っていた。

「ここに来た理由を教える気はある?」

ホームズのためにドアを開けてやりながら、ぼくはきいた。

彼女は戸口で立ち止まり、「今はない」と言うなり中に入った。

シェリングフォード高校はそれほど規模が大きくないから、生徒全員が集まっても学生会館のホールにちょうど入れる。

今日のパーティのテーマは〝ベガス〟らしい。会場に入ってまず目についたのが、何台ものブラックジャック・テーブルで、そこにはそろいの緑と白の服を着た本物のカジノ・ディーラーがいた。テーブルに寄り道したホームズは、使われているのがモノポリー用の紙幣だと知ると、軽蔑するように鼻を鳴らした。

ぼくが気になったのは、部屋の隅でぽこぽこと音をたてているチョコレート・ファウンテンで、そこは串刺しのマシュマロを持った生徒たちで大盛況だ。もちろん、パンチを提供するテーブル、ストロボ照明、ＤＪといった定番の要素もそろっている。退屈そうな顔で立っているのは〝お目つけ役〟の先生たち。たいていはふたりひと組になって、雑談をしている。ダンスフロアを見やると、女の子たちがクリスマス飾りみたいな色のドレスで揺れていた。パーティの前のホームカミング・ゲームでわが校のフットボール部が勝ったから、お祭り気分がさらに盛り上がっている。

会場の様子がだいたい把握できたとき、フランス語クラスのキャシディとアシュトンがぼくたちのすぐそばを通りすぎた。キャシディはかわいらしく、アシュトンのほうは、どう見ても『サンダーキャッツ』に出てくるキャラクターのひとりだった。あんなに人を寄せつけない感じの小麦色は見たことがない。

会場を見て気づいたのは、まだ多くの生徒が自宅に引き取られたままだということ。ダンスフロアにいる人数は百人にも満たない。それでも、みんな楽しんでいるようだ。どの生徒も、例の殺人事件のことや身の安全について考えてはいない。頭にあるのは、ちょうど流れ始めたアバの歌のことだけ。

まるで小説の中にいるような、同時に現実のショッピングモールにいるような、変な感覚にとまどいを覚えてしまう。ぼくは本来ここの住人かもしれないけど、ホームズはまったく場ちがいな存在だった。彼女がなにを計画しているのか聞き出そうと、ぼくは振り向いた。目に飛びこんできたのは、彼女が〝ダンシング・クイーン〟の歌詞に合わせて口を動かしている光景だった。

「なんてこった」

ぼくの声に彼女がびくっとした。

「そうだったのか。きみがここに来たがったのは、単に……」

「観察と推理のための絶好の機会がここにあるからだ」

彼女はあわてて言った。

「このサンプルの宝庫を見たまえ！　だれもが警戒をゆるめ、おそらくは相当数が飲酒し……きみの隣にいる女子はバッグの中にピーチ・シュナップスのフラスコ瓶を隠していて……それに、あの売人がたぶんどこかにいるし、また……」

「単に……ダンスをするためだね」

ぼくは笑いをこらえるのに必死だった。

「踊ろうか？」

彼女は「ああ」と言うと、ぼくをフロアに引っぱっていった。

ホームズは特殊なスキルを数えきれないほど持っているくせに、ダンスの腕前はひどいものだった。でも、技術の不足分を補うぐらい思うがままに踊っている。

カラフルなライトに照らされた彼女の髪は青くなり、赤くなり、また青くなった。音楽が大音量なので、しばらくするとぼくは頭痛がしてきたけど、彼女のほうはサビの部分になると両腕を急にまっすぐ伸ばして頭をそらし、歌詞どおりに口を動かすのだった。次の曲も歌詞を知っていた。そのあとの曲では目を閉じたままフルコーラスで歌い、おじいちゃんみたいに両足を動かしていた。

すばらしく愉快な十二分間、ぼくは彼女のまわりを回りながら踊り、彼女がぼくの手をつかんで「旋回させて」と言ってきたときは、ぐるぐる回してやった。彼女は声をたてて笑った。

スローナンバーになった。ぼくの妹が好きな英国のボーイバンドの曲だ。まわりにいるだれもが、それぞれの相手の身体に腕を回した。フロアの向こうでは、おかしなスーツで目立っているトムがさっと膝を曲げて挨拶し、リーナを笑わせている。

フロアの真ん中で、ホームズとぼくはたがいに目を合わせないようにしながら、ぽつんと立っていた。

ぼくは動揺を必死で隠そうとした。目のすみでホームズを見たら、踊っていたせいで頰がまだピンク色に染まっていた。

「ええと……」

ぼくが口を開いたとき、だれかに肩をたたかれた。見ると、前にぼくをパーティに誘った金髪の子が立っていた。印象的な深紅のドレスで「ハイ」とはにかんで言う。

「パーティに出るのは禁止されてるんだと思ってたわ」

ホームズを見やると、ぼくの反応を観察して即座にリスト化している様子がありありだ。

女の子も振り向いて彼女を見た。

「いけない。ごめんなさい、わたし、じゃましちゃってる」

金髪の子の眉間に小さなしわがあらわれたので、ぼくは彼女が泣きだすんじゃないかと思った。きっとホームズもそれを察知している。彼女の頭脳はスピード違反検知レーダーみたいなもので、そこから逃れることはだれにもできない。

これは悪い夢にちがいない。自分を見下ろしたら、きっと全裸で、ダンスフロアは一瞬にして数学クラスに変わってるんだ。そこで、ぼくの目が覚める。

ぼくの目は覚めなかった。

「いや、ぼくたちは……ぼくはそんな……なにか飲みたいな」

その場をごまかし、ぼくは卑怯者《ひきょうもの》みたいに逃げ出した。そう、ぼくは卑怯者だ。

逃げ出したのは、彼女と……ホームズとスローダンスを踊りたいのか、自分でもわからなかったから。あるいは、彼女の背中に両手を回したときの感触とか、熱い息がかすかに首にかかってくる感じが、ためらいなしに想像できてしまったからかもしれない。ボーイバンドが〝きみにキスがしたいんだ〟と歌う中、彼女がやさしく笑う感じとか、ぼくが手を腰まですべらせて彼女をもっと近くに引き寄せる感じとかも。

でも一方で、金髪の子がぼくの腕の中にいる感覚も同じくらい簡単に想像できてしまう。正直、それは三人のだれに対してもフェアじゃない。自分のことは、よくわかっている。ぼくという人間は〝今後〟をあまり考えず、〝目先〟に目がくらみがちだ。でも、ホームズについては〝今後〟ばかり考えている。夜明けの無言のドライブ、火花を散らす会話、証拠品目当ての侵入強盗……これからもそんなことがしたい。ぼくたちふたりの関係は、ややこしく入り組んでいてほしい。ひと筋縄じゃいかなくて、ほかには目もくれないほど夢中になれて、きらきらとまぶしく輝いていてほしい。

セックスは、ややこしく入り組んだ関係のありきたりなバージョンだ。でも、シャーロット・ホームズについては、なにひとつありきたりなんかじゃない。

ドレスを身体にぴったりと着こなすやりかたでさえ。

ううん。そんなことを考えるつもりはないんだ。これまでの実績から明らかだけど、ぼくたちの関係は、こういう大変化に耐えられるほど安定していない。

今朝、彼女はバイオリンを武器にして、ぼくをラボから追い出した。明日の夜、ぼくたちは同じ独房に入っているかもしれない。じゃあ、今夜は?

今夜、ぼくはパンチにありつく。

軽食テーブルに行くと、創作文芸のホイートリー先生と、彼と同じ年ぐらいのちょっとかわいい女の人が係を担当していた。先生は死ぬほど退屈そうだったけど、列に並んだぼくの順番が来たとき、少しだけ明るい顔になった。行列は長くなかった。スローダンスを踊る相手もいないぼんくらは、そんなに多くはいない。

「ジェイミー。ご注文は?」

「パンチはどんな感じですか?」

「ひどい味さ」

そう言って先生は隣の女性に顔を寄せ、ぼくを指さす。

「彼は一番優秀な教え子のひとりなんだ。ジェイミー、こちらは友人のペネロペだ。今夜、つき合ってくれている」

ホイートリー先生がぼくの書いたものを気に入ってくれているなんて、ちっとも知らなかった。ぼくの提出したものは、特に詩がそうだけど、緑のインクでびっしり添削されて返ってくる。でも、それを少しでもよくしようと一生懸命書き直してきた作業が、効果を上げているとわかってよかった。

「会えてうれしいです」

　ぼくはペネロペと握手した。彼女は縮れた髪とゆったりしたドレスのせいで、美術教師の見本みたいに見える。襟までボタンをとめているホイートリー先生とは好対照だと思う。

「彼女はニューヘブン在住の作家仲間なんだ。詩人で、イェール大で教えている」

　先生は彼女に向いた。

「ひょっとすると近い将来、きみの新入生ワークショップにジェイミーを迎えることになるかもしれないな」

「ああ、この子があなたの話してた子？　殺人事件の捜査の？　ワトスン博士の子孫だっけ？　それで、あなたもミステリーを書いてるの、ジェイミー？」

「いえ、別に」

　ぼくは嘘の返事をしつつ、彼女の言葉に考えをめぐらせた。警察がぼくに嫌疑をかけていることを聞いているようだ。

「報道を見てるんですか？」

　ホイートリー先生がばつが悪そうに襟をいじくる横で、彼女が言った。

「ああ、メディアも今では報道してるけど。でも一番の情報通はテッドよ。警察がプレス発表してないことまで知ってるんだもの」

どういう意味か理解しようとしていると、そこにホームズがあらわれた。差し出してきたフォンデュ用の串には、チョコレートのかかったマシュマロが二個刺さっている。これは和解のしるしだ。さっきのぶざまなふるまいを彼女は許してくれたらしい。そこでぼくもお返しに感謝の笑みを浮かべ、マシュマロをひとつ食べた。

「こんにちは」

ホームズがおとなたちに挨拶し、ぼくは両者を紹介をした。

「ペネロペによると、ホイートトリー先生はドブスンの件の内情にくわしいそうだよ」

ぼくはやや強調気味に言った。こういう場面で使える秘密のサインを決めてなかったし、さすがのホームズもテレパシーは使えない。顔を見るだけでぼくの疑念を察してくれる可能性はあるけど、運まかせにはしたくはない。

「そう？」

ホームズの表情はまったく変化なしだ。

ホイートトリー先生が咳払《せきばら》いをした。

「ああ、そうだ……会場をもう一度見回らないとね、ペネロペ」

言われた彼女は、ぼくたちに礼儀正しくほほ笑んだ。関心はとっくに別のところに移っているみたいだ。ふたりはその場を離れていった。

「ほら、きみのせいで台なしだ」

ホームズはそう言うと、ゆっくりとダンスフロアに戻っていった。和解のしるしはその程度でしかない。ぼくは串からふたつめのマシュマロを引き抜くと、苦い気分でかぶりついた。


しばらくダンスホールをぶらついたあと、ぼくはやっとのことで空いているテーブル席に落ち着いた。ダンスはそろそろお開きが近いようで、ＤＪが夜を締めくくるためにスローナンバーの長いメドレーをつないでいた。

フロアはカップルでいっぱい。彼らは朝までにソーシャルメディアで公認されるんだろう。驚いたことに、キャシディとアシュトンが額をぴったりくっつけ合って身体を揺らしている。いや、やっぱりそれほど驚くことじゃないかも。

ドブスンと同室だったランドールが、小柄な一年生の金髪の子とずっと踊っている。彼は手を下げっぱなしで、彼女の赤いドレスの布地をつかんでいる。あいつの巨大な腕の中だと彼女はとても小さくて、プチケーキみたいに軽い扱いに見えた。

ぼくは、なんとなくむかついた。

「こらこら」

ぼくの隣に乱暴にすわってきたのはリーナだ。

「ジェイミー。あなた、なんて顔してるの?」

「トムはどうした?」

「ポーカーやってるわ。行って、彼女と話してきなさいよ」

ぼくはわざと嚙み合わないように答えた。

「彼女はランドールとダンス中だ」

「なに言ってんの、もう。シャーロットはひとりで外にすわってるわ。あなたたち、おたがいがいないと、どっちも寂しいんだから。どう見てもあなたの横がぽっかり空いてるでしょ、この席みたいに」

リーナにしては詩的な表現だ。彼女は立ち上がって、ぼくに手を差しのべてきた。

「ぼくにダンスを申し込んでるの?」

リーナが片方の眉を上げる。ぼくは手を引かれるままに立ち上がった。彼女に引っぱられてダンスホールを横切り、正面のドアまで行くと、外の夜気の中にいきなり押し出されてしまった。

「じゃ~ね~」

リーナは歌うように言うと、姿を消した。

ホームズは入り口近くのベンチにすわっていた。暗い中庭の木立を遠く見つめている。

そういえばあそこは、ぼくがドブスンと取っ組み合った場所だ。死ぬ前の彼とぼくたちが最後に言葉をかわした場所。

彼女は震えていた。ぼくは上着を脱いで肩にかけてやった。

「すまない」

彼女はこっちも見ずに言う。膝の上には、開いた小さなノート。ページの上に五本の指が広げられている。

「それ、ゆうべのセダンから持ってきたもの？」

ホームズがうなずいた。

「わざわざ持ってきたの？」

ぼくは隣にそっと腰をおろした。爆発物の横にすわるみたいに慎重に。ききたいことがいくつもある。それをきくタイミングが訪れるまで、ノートをしまってほしくなかった。

意外にも、彼女はしまわなかった。

「これに悩まされるとは思わなかった」

その声はどこか変だった（ホームズが〝神経質〟になってる？）。

「ポーカーを数勝負やってみたが、それでも気はまぎれなかった。メンバーはわたしとトムとお目つけ役のおとながひとり……看護師だ。ゲームのあいだ、トムはフロアにいるリーナの尻ばかりずっと見ていた。本当にわかりやすい。だれもが実にわかりやすいのだ。たとえば、あの看護師もそう。彼女は、自分が医師だったらよかったのに、と思っている。恋人に会いたがってもいる。恋人は金髪にイヤリングをしていて、高校時代からつき合っているが、彼女が愛しているほどには彼女のことを愛していない」

「きみはどうやってそんなことまで……？」

ホームズは緊張がほどけるような笑みを見せた。おそらく、推理することが気持ちを落ち着かせるんだろうと思う。それから、ぼくの質問に答えることも。

「看護師はダンスフロアから目を離せずにいた。〝アイ・ラブ・ユア・ガール〟が流れたときなど、目がうるんでいたよ。なぜ人はそのような反応を見せるか。それも特定の歌に対して。答えはひとつ、過去を懐かしんでいるんだ。彼女は十分に魅力的だが、とびきりの美人ではない……言い換えると、高校時代は校内の注目の的になるほどではなかったのに、彼女はそのころに戻りたがっている。そして、テーブルのそばを長身で金髪の男子生徒が通りかかるたびに、彼女はじっとりと目で追っていた。彼女は左手首に悪趣味なテニス・ブレスレットを着けているが、あれを選んだのはどう見ても男で、その男は彼女の本当の趣味など気にもとめていない。医師になりたいと願っているのは、ポーカーの最中に、わたしの手が震えている原因の診断を三度も試みようとしたことからわかる」

「なんで手が震えてたの？」

「極度の疲労だ。うたた寝をきみに起こされて以来、一睡もしていないんだ。看護師は原因について、最初に肺炎を疑い、次に精神疾患をほのめかした。不愉快な女だよ、まったく。あとでまた話を聞く必要がある場合にそなえて、わたしは彼女に好意を持っているふりを余儀なくされたがね。だから、彼女からすっかり巻き上げてやった。わたしは満足だったよ、モノポリーの紙幣であっても」

ぼくは、こらえきれずに笑った。

「きみはひどいやつだな」

ぼくのそのひと言で、彼女に隙ができた。

はっと口を押さえたせいでページを隠していた手が離れ、ぼくは反射的にノートを見下ろした。

すぐにわかった。彼女が神経質になっていたわけが。

膝の上に置かれているのは、狂人の日記だった。手書きの文字で埋まったページ。同じ一文が繰り返し書きつらねてあった。ただし、一行ごとに筆跡がまったくちがう。まるで何人もの男子生徒が、黒板の一文を一冊のノートに書き写させられたみたいに。軍人が書くような堅苦しい黒の大文字だったり、女子高生が書くような丸文字だったり、ビクトリア時代の紳士みたいなしゃれたダッシュつきの筆記体だったり。

それぞれの文はすべて同じ内容だった。

シャーロット・ホームズは人殺し
シャーロット・ホームズは人殺し
シャーロット・ホームズは人殺し
シャーロット・ホームズは人殺し

ぼくはノートを引ったくった。彼女は抵抗しなかった。ぼくがページをめくる様子を、彼女は痛ましいまでの沈黙の中で見ている。どのページも同じ文の羅列だった。

理解不能のままそれを見つめていると、学生会館のドアが勢いよく開いた。ダンスパーティが終わったのだ。

「ホームズ。これはいったいなに?」

「わたしも自宅に同じノートを持っている」

彼女の声は小さかった。

「わたしのは緑色。贋作者《がんさくしゃ》の練習帳だ。どんな人間の筆跡でもまねられるまで、そのノートで練習させられた。実在の人物の筆跡、各種タイプの典型的な筆跡、わたしが空想した人物の筆跡。アルファベットのほとんどの文字を含んだ例文を与えられ、それを書く。だが、この文は……ひどい。同じような文字を多用している」

「きみが人殺しだ、と書いてある。〝人殺し〟だよ。あの売人がこれを持っていた。彼はきみのお兄さんの部下なんかじゃない。暗がりで狂った言葉を書く、狂ったやつだ。たぶん売人でさえないよ。きっとあいつがドブスンの件に関与してるんだ。ぼくたちを罠にはめようとしたのも……くそ、ぼくたちは取り逃がしちゃったから……」

「あの男がこれを書いたと、どうしてわかる？　われわれにはわからない。拾ったのかもしれないし、だれかに渡された可能性もある」

「なんでこれをすぐ見せてくれなかった？」

彼女の目の中でなにかが消え失《う》せた。

「ホームズ……」

「わたしがこれの指紋採取をしたのを、きみは知っているか？　指紋はなかった。モリアーティ教授が小型の赤い備忘録帳を持ち歩いていたのを、きみは知っているか？　彼は持っていた。この目で見たことがある。父が引き出しの中に保管していたから。その特定のタイプのノートが七十二店舗ものネットショップをはじめ、無数の書店やギフトショップで買えるのを、きみは知っているか？　買えるのだ。あの黒いセダンのナンバーを調べてみたが、存在しなかった。車自体は五年前にブルックリンの街角で盗まれたものだ。それが、なぜまた今になって出現した？　ワトスン、ここにはパターンがない。わたしにも見いだせない。わからないのだ。わからない、というのがどういうことか、きみにわかるか？」

ぼくにはわかる。いつもぼくをわからない状態にする張本人は、彼女だ。

「それでも、ぼくに見せてくれてもよかったじゃないか」

ぼくはベンチから立ち上がった。

中庭の向こうで、女の子の笑うような長い悲鳴が聞こえた。男子生徒が彼女の腰に手を回してつかまえ、肩に担ぎ上げている。

ホームズはあごをこわばらせ、ぼくの視線を避けていた。

「もし〝ジェイミー・ワトスンは人殺し〟と書いてあったら？　きみはそれをわたしに見せるか？　その言葉をわたしが信じてしまうことを、一瞬たりとも考えたりしないか？」

その声が震えているのに気づき、ぼくはうろたえて彼女を見下ろした。その細い肩を。ぼくの上着に包まれたドレスの黒いラインを。つい前日の夜には、世界中のだれよりも彼女のことをわかっているのはこのぼくだという自信があったのに。

シャーロット・ホームズは、本当はどんな理由でアメリカに来させられたんだろう。

ぼくは言った。

「きみはドブスンを殺してない」

「ああ。わたしはドブスンを殺していない」

「だったら、だれが……。オーガスト・モリアーティは、今も生きてるのか？」

突然、彼女が立ち上がり、逃げるように中庭へ歩きだした。

ぼくはノートを拾い上げ、彼女のあとを追った。甲高い声で騒いでいる女子生徒の一団と、そのまわりのクロバエみたいなスーツ姿の男子生徒たちの壁を突っ切っていく。お目つけ役のだれかが、あと十分で点呼だから寮に戻れ、と怒鳴っていたけれど、生徒の群れを抜けたホームズはスティーブンスン寮ではなく科学実験棟のほうに向かっている。まるでそこが安全なシェルターであるみたいに。パニックルームであるみたいに。

ぼくから身を隠せる場所であるみたいに。

彼女が中庭の中ほどにある木立にさしかかったとき、ぼくはざらついた大声で彼女の名を叫んだ。みんなが振り返って見たけど、彼女は脇目もふらずに歩いていく。ぼくは足を速めて追いつくと、彼女の腕をつかんで振り向かせた。

彼女はぼくの手をさっと振り払った。

「二度と許可なくわたしに触れるな」

「ねえ。きみがドブスンを殺したなんて、ぼくは言ってないじゃないか。だれかがぼくにそう思いこませようとしてるって言ってるんだよ。だれかが世間にそう思いこませたがってるって。彼が死んだかどうかぐらい、なんで言えないんだ? オーガストは死んだのか?」

「きみは思った。わたしは見たんだ、きみがそう思うところを。わたしが殺したと」

「なんで教えてくれないん……」

ぼくは無意識に前に踏み出したにちがいない。彼女は後ずさったんだろう。気がつくと彼女をじりじりと木立に追いつめていた。一歩進むごとに答えに近づけるかのように。答えを聞き出そうと躍起になるあまり、ぼくは彼女の顔にあらわれたものを見落とした。彼女はいつも怖いもの知らずだから、ぼくは彼女の恐怖を認識できなかった。

でも、彼女は恐れていた。このぼくを。

きっとドブスンもこんなふうに彼女に迫ったのだ。

ホームズはさらに後ずさった。とたんに小柄な一年生の女の子の身体につまずいた。

第六章

女の子は、ひょいと捨てられたみたいに暗い芝生に放置されていた。あおむけで手足がだらんと伸び、赤いドレスが血の海みたいに広がっている。

ああ、再び始まろうとしている。

指揮権はいつもホームズにあるから、ぼくは彼女の指示を待った。ところが、なにも言ってこない。彼女の目は、ぼくの肩ごしにどこか遠くの一点を向いている。その手が震えていた。極度の疲労……彼女がそう言ったのを思い出したけど、今はそのせいじゃない気がする。精神的な苦痛か、あるいは自信をなくしているのかも。とにかく、彼女はこの事態に対処する方法がわからないでいる。

ということは、ここはぼくにかかっているのだ。

ぼくは一年生の女の子のかたわらにそっとひざまずいた。彼女はまるで寝入りばなみたいに半眼を閉じている。でも、本人が望んでそうしているわけじゃない。だれひとり、こんなことを望んじゃいない。

ふと、彼女の名前さえ知らないことに気がついた。

最悪の結果を覚悟しつつ、首筋に指先を当ててみた。あった。脈がある。

「まだ生きてる」

かがんで耳を近づけると、苦しげな呼吸音が聞こえた。

「でも、息をするのがつらそうだ。助けを呼ばないと」

ホームズはうなずいた。でも、動こうとする気配がない。ぼくはやさしく言った。

「ねえ、ぼくはこの子から目が離せないから、きみが救急車を呼んでくれないか?」

冷静さを取り戻そうとしてか、ホームズはぎゅっと目を閉じた。なかなか目を開けようとしない。足元では、女の子の全身を急に震えが襲った。

ほかのだれかに頼むしかない。中庭を歩いて寮に戻ろうとしている女子の一団を大声で呼んだ。

「おい、だれか！　事故があったんだ！　怪我してる子がいる！　九一一に電話して！」

女子たちが走ってきた。その中のひとりがバッグから携帯電話を取り出して通報する。別の子が、倒れている女の子を見て悲鳴を上げた。

「エリザベス」

その子は泣きながら、倒れている子とぼくのあいだに割りこんできた。まるで彼女を守ろうとするみたいに。

「この子、寮で同室のエリザベスよ！　あなた、いったいなにしたの！」

「なにもしてないよ」

言いながらも、ショックだった。この状況が他人からどう見えるかなんて、考えもしなかった。暗がり、倒れている子、ホームズとぼく。

「見つけたときには、こうだった。この子はランドールとダンスして、それから……ここでぼくたちが見つけた。シャーロットとぼくが。ぼくたちは……ただ通りかかっただけだよ」

ぼくたちは人目を引き始めていた。後ろに集まった野次馬たちから、ささやき声が聞こえてくる。怒りを含んだ声だ。さらに複数の足音が近づいてきた。

エリザベスのルームメートが、涙にぬれた顔をぼくに向けてきた。

「人殺し」

彼女はとげとげしい口調で言った。

「人殺したち」

ぼくたちの背後で、ささやき声が怒鳴り声へと高まっていく。

すべてはその一語のせいだと思う。リー・ドブスンが死んで以来、その一語がどれほどホームズに、そしてぼくにも、浴びせかけられただろう。ぼくのポケットに入っている売人のノートに、その一語がどれほど繰り返し書き記されていることか。心の奥で、ひょっとすると真実かもしれないと、ぼくはどれほど思っただろう。つまり、ホームズはモリアーティを殺害するためにアメリカに送られてきたのかもしれない、と。そんな思いを、ホームズはぼくをひと目見るだけで読み取ったのだ。

理由はともあれ、その一語は電気ショックみたいにホームズを蘇生させた。

彼女はエリザベスの横にひざまずいた。

「だれかおとなを呼んできてほしい」

ホームズに言われ、エリザベスのルームメートは身体をこわばらせた。

「いいか。わたしの動機をどう思おうが勝手だが、いずれにしても、これだけの人数がいて、わたしがきみの友人を傷つけないよう監視している。だろう？　だから、助けを呼びに行って、わたしに仕事をさせてほしい。わたしはこうした状況について訓練を積んでいる」

「蘇生術とか？」

ルームメートが不安げにきいた。ホームズが暗い笑みを返す。

「まあ、そんなところだ」

「ぼくはなにをすればいい？」

ホームズはエリザベスの頭を後ろにそらせた。

「彼女の口を開けたままにしてくれ。このまま動かないように。ほら、のどのこれが見えるか？」

エリザベスの首の皮膚がぽっこり盛り上がっていた。のどになにかがつっかえているのはまちがいない。ぼくは慎重な手つきで、彼女の唇が開くまであごを引き下げた。

エリザベスはぼくをダンスパーティに誘うぐらいの子だから、こんな目にあうのは覚悟の上かもしれない。唇にぼくの指の腹が押しつけられた上、呼吸は浅く、暗闇の中でぼくたちふたりに勝手に身体を動かされる。胃がむかむかした。こんなことは、全然まるっきりまちがっている。

「全身がショック状態だ」

ホームズは冷静に告げると、指をピンセットみたいにしてエリザベスの口の中に差し入れた。ぼくは思わず目を閉じた。押さえている手の下で、エリザベスがのどを鳴らしながらのたうった。

「いい子だ」

ホームズがささやきかける。ぼくが目を開けてみると、彼女はきらきらした青い宝石をつまんで、月の光にかざしていた。

表面が光るのは、エリザベスの血でぬれているからだ。

のど元にせり上がってきた苦い汁を飲み下す。背後でだれかが芝生に嘔吐《おうと》した。

「これは《青いガーネット》だ」

ホームズがつぶやいた。

「わかってる」

ぼくが言ったとき、エリザベスが大きく息を吸いこんだ。

ホームズが野次馬の男子生徒に向かって宝石を放り投げた。

「そこのきみ。それを持っていてくれ。プラスティック製だから盗《と》るのは勝手だが、まちがいなく警察はそれを調べたがる。それに、きみたちはわたしに嫌疑をかけたがっているようだから、わたしが保管の責任を負わないほうがいいだろう。ランドールはどこにいる？　そっちのきみ。彼を連れてきてくれ。この子があのラグビー部員から手荒に扱われたのがわかるか？　この足跡を見ろ。ドレスの乱れも。わたしはふたりがダンスしているのを目撃した。彼を見つけるんだ。これが合意の上だったか、知っておく必要がある。合意というのはセックスのことだ、まぬけめ、口に偽の宝石をつめ込むことではない。……ああ、むろん彼女はセックスをした。もしくは、最低限でも運動量の激しいペッティングを。

地面に残った形跡を見てみろ。きみたちは盲目か？　お目つけ役はいったいどこだ？　あの看護師はどうした？」

「ここにいるわ」

苦しげな声が言った。ブライオニー看護師を保健室の外で見るのは初めてだった。彼女のパーティドレスはぴったりフィットしていて、まるで身体に絵の具を塗ったみたいに見える。彼女は安心させるように笑みを向けてきたけど、ぼくは目をそらした。そんな笑みを送られる資格は、ぼくにはない。

「彼女の世話を頼めますか」

ホームズは看護師に言うと、立ち上がって目をすがめた。

「救急車はどこにいる？」

「ホームズ」

「あとにしろ、ワトスン」

彼女は別の男子の手から携帯電話を奪い、九一一にかけた。男子が文句をまくし立てた。

「じゃあ、きみが話せ」そう言って電話を返す。「少しは役に立て」

「ホームズ」

ぼくはさっきより切迫した声で言った。野次馬の群れの一番端に、麻薬密売人の濃い金髪がちらっと見えた。

ぼくの視線を追ったホームズが息をのんだ。

「まさか彼にまた会おうとは」

「どうする？」

「彼のほうを直接見るな」

でも、もう遅かった。ホームズがそう言ったときには、売人はさりげなさを装って身体の向きを変え、暗闇の中へ溶けこもうとしていた。

「また追いかけるべきだよね」

まずい。考えただけで足が痛くなってきた。彼女がにやっと笑う。

「位置について、よーい……」

売人はちらっと背後をうかがったかと思うと、急に走りだした。

ぼくたちは野次馬の群れに突進した。何人かがぼくたちを避けて道を空けた。別の何人かは、犯行現場から逃げると思ったのか、ぼくたちを行かせまいとした。確かに現場を離れるが、理由は彼らの想像とちがう。

あそこだ。売人はのっぺりと広がる芝生を駆け抜け、まっすぐスティーブンスン寮のほうに向かっている。あの寮には、ホームズやエリザベスをはじめ、一、二年生の女子のほとんどが住んでいる。あいつがあそこに向かうのは、さらに女の子に危害を加えるためとしか考えられない。やましい気持ちのある人間は逃げる。彼は身に覚えがあるのだ。ぼくは懸命に走ったけれど、すでにひとりだけ引き離されていた。

そのとき、サイレン（ぼくのばかげた人生の伴奏曲）が聞こえてきて、前を行くホームズのドレスが警告灯の赤と青の光で照らされた。奇妙なほど美しい。彼女はぼくより俊足で、小柄で、細い。彼女が相手との距離を縮め始めたとき、三台のパトカーと一台の救急車が道路を離れ、ぼくたちの横手の芝生に乗り入れてきた。

「こっちにも応援を！」

警官の一団が車から出たとき、ホームズが叫んだ。救命士たちはすでに救急車からストレッチャーをおろしている。

「シャーロット・ホームズか？」

シェパード刑事の声みたいだった。さっと視線を向けると、私服の男が一名いるのが見えた。

「止まるんだ！　ふたりでなにしてる？　ジェームズ！　ジェイミー・ワトスン！」

ぼくたちは一瞬たりとも足をゆるめなかった。するとシェパードがあとを追ってきた。

ほかの警官たちもわけがわからないまま追跡に加わった。彼らの悪態と荒い息づかいが聞こえてくる。先頭を走る売人がスティーブンスン寮の角を曲がって視界から消えた。ホームズが叫んだ。

「トンネル通路だ。入り口がある。あそこだ。あのドア、暗証キーで開ける……」

ぼくが建物にからまるツタをドアの前からどけ、ホームズが猛然と番号を打ちこむ。

「あと二秒半だよ。警察から袋だたきにあうまで」

彼女はどう猛な目つきを返してきた。

「一秒あればいい」

カチッと音がして解錠された。ぼくはホームズに勢いよく中に引っぱりこまれた。背後で、がしゃんとドアが閉まった。


ホームズから学校のトンネル網《もう》について初めて聞かされたとき、どういうものかまったく想像がつかなかった。キャンパスの下に通路のネットワークがあって、シェリングフォード高校の建物どうしを地下でつないでる？　もっとよく知りたくてぼくは調査をした。

ここで言う調査とは、デスクチェアにすわったまま後ろを向き、ぼくの個人的な情報源であり、むだ情報の宝庫であるトムに、どんなものかをきくことだ。

言い伝えでは、トンネル通路はシェリングフォードがまだ修道院学校だった十九世紀末に建造されたらしい。地面が一メートル以上の雪におおわれてしまうと、修道女たちは部屋から朝夕の祈禱式《きとうしき》に向かうときにこの暖かい通路を使ったそうだ。トムによれば、最近はもっぱら寮の建物を管理するメンテナンス作業員たちが利用するとのこと。地下にはボイラーや備品倉庫がある。トンネルの各入り口は暗証番号がないと入れず、番号は毎月変更される。トンネルが冷戦時代の防空壕とか、密造酒業者の酒蔵とか、そういうのに使われてたらおもしろかったのに、とぼくが言ったら、トムはにやっと笑って、その話のほうがいいな、と言った。暗証番号がひんぱんに変更されるのは、寮生たちがすぐに管理人を買収して番号を聞き出すからだ。校内でいちゃつこうと思ったら、トンネル通路ぐらい絶好の場所はない。

ぼくは、ホームズがトンネルをフェンシングの練習場所にしているのを知っている。

「校内で十分に長い空間とプライバシーを確保できる場所はトンネル通路だけだから」

彼女がそう弁解したとき、頰に小さな赤みがさしていた。

「それ以上くすくす笑いをやめないなら、きみのお父さんに、実はきみが父親と毎週ランチをともにして胸のうちを聞いてもらいたがっている、と言ってやるからな」

今夜、目の前に伸びるトンネルは無人だった。ぼくたちが追っていた相手の姿はどこにもない。ホームズのあとについて、足音を忍ばせて通路を進んでいくと、頭上の明かりがちかちか点滅した。床で小さく鳴るホームズの靴音は、まるで昆虫が足を打ち鳴らしているみたいで、うなじの毛がぞわっと逆立った。

彼女が声をひそめて言った。

「彼はこのどこかに隠れるつもりだろう」

「ドアをひとつずつ開けたほうがいい？」

彼女は人さし指を立て、かぶりを振った。前方で足音が聞こえた。忍び足の音。ぼくたちは追跡の歩調をゆるめ、用心深く忍び寄ることにした。彼女は足元に目をこらして、そろそろと進んでいく。ぼくはそのあとに続いた。

ホームズはリノリウムの床に残された売人の痕跡を追っているけど、積もった埃《ほこり》にはメンテナンス作業員が往復した足跡とか手押し車や台車の車輪の跡がいっぱいで、ぼくにはさっぱり区別できない。彼女がいったいどれをたどっているのか、さらに目をこらす。そういえば、ゆうべ彼女が、彼はなぜ四百ドルの靴を履いているのか、と言っていた。もう一度床を見ると、ドレスシューズのとがったつま先の跡が見えた。

迷宮みたいな通路で、ぼくたちは無言のまま彼の足取りをたどった。外で怒鳴っている警官たちの声がぼんやり響いてくる。警察はじきに暗証番号を手に入れ、血眼になってぼくたちを追ってくるだろう。そのことはホームズもわかっている。彼女は猟犬みたいに通路をうろついた。

ぼくたちが今いる場所は、中庭の真下だ。コンクリートの壁がところどころ湿気で黒ずみ、ラグビーの練習でなじみのあるにおいが空気中に漂っている。泥。湿り気のある土。ぼくの意識は過去へとさまよった。ハイクーム高校のラグビー場、スタンドにいるローズ・ミルトンの光り輝く髪、固く握り合わされた彼女の両手、芝生に食いこむぼくのスパイク、そして、今度こそぼくはみんなの期待にかなうことをして、きっとそれに応えられるという感覚……。

ホームズがぼくの胸を手で押さえた。「あそこ」と口が動く。

通路の突き当たりにあるドア。そこで足跡がとぎれている。

ぼくたちのはるか後方で、鉄のドアが閉まる音がはっきり聞こえた。ホームズの名を呼ぶ刑事の大声も。

獲物を追いつめるハンターの笑みで、ホームズが言った。

「きみからお先に」

ドアの向こうになにが待ち受けているか、彼女は知らない。

知っていたはずがない。

ぼくがドアの中に入り、ホームズがすぐあとに続いた。彼女はドアを閉ざし、それまでわずかにあった明かりを遮断した。ぼくは視界の確保に役立つようなスイッチやひもを手探りしたけど、探り当てたのは棚と、さらに並んだ棚と、ひんやりした軽量ブロックの壁だけ。ぼくは携帯電話を取り出して電源を入れた。その淡い光で部屋をなめるように照らしてみる。

ぼくたちしかいない。

この部屋に足を踏み入れたときから、あの男がここに入らなかったという気がなんとなくしていた。たぶん無意識のうちに、ドアごしに彼の息づかいや動きに耳を澄ましていたんだろう。自分たちのツキのなさを自覚していたのかもしれない。きっと心の奥では、彼と対決しなくてすんでほっとしていた。いずれにしても、ここにホームズとぼくしかいないのは、意外なことじゃない。意外じゃないけれど、それでひと安心というわけでもない。

ぼくたちがいるのは殺人犯の隠れ家だった。

ドブスンの写真が何枚もあった。ぼくと喧嘩《けんか》したときの彼を、だれかが中庭の反対側からパパラッチ並みの高性能カメラで撮っていて、顔のあざまで鮮明に写っている。ほかに地下トンネル網の地図や、ミッチェナー寮とスティーブンスン寮の間取り図。ドブスンの時間割もある。時間割は教科によって印がついたり線で消されたりして、余白にメモが書かれていた。その読みにくい筆跡はホームズのものだ。それに、なんとエリザベスの写真も床に並べられ、彼女の名が書かれたぶ厚いファイルが横に置いてあった。ぼくはかがんでファイルを拾い上げようとして、その手を止めた。よけいな指紋を残さないよう、ホームズにみっちり教えこまれている。

「ホームズ……あれはきみの筆跡だ」

「わかっている」

彼女はドレスの布で手をカバーし、床にじかに敷かれたマットレスに積まれた衣服の山からTシャツをつまみ上げた。ぼくはそれに見覚えがあった。

「それ、きみのだ」

「わたしが持っているものの複製だ」

「ここは、きみの……きみの……」

「隠れ家？　明らかに、何者かがきみにそう思わせたがっているのだろうな」

彼女に質問をぶつけたい。本当は答えを聞きたくない質問を。でも、それはあと回しにしなくてはならなかった。警官たちが通路に面したドアを次々に蹴り開ける音が聞こえてきたから。まもなく、ぼくたちは見つかるだろう。

彼らが絶え間なく叫んでいるのは、ホームズの名だった。

学校当局があっさり了承し、ぼくたちは警察署に連行されることになった。

「学校側が未成年者を守るといってもこの程度さ。いかにもドラマ的な殺人者の隠れ家が発見されては、方針変更もやむなしということだろう」

パトカーの後部座席でぼくと並んですわるホームズが言った。どこか軽蔑するように手錠を見下ろし、その両手をあげると、ほつれ毛を耳にかけた。

「われわれは心配ない、ワトスン。わたしを信じるか?」

ぼくは返事をしなかった。嘘はつきたくない。

シェパード刑事が前部座席で咳払《せきばら》いをした。

「権利を読み上げたあと、わたしは相手に忠告などしないんだが、きみたちはまだ子どもだからな。ふたりとも、自分に不利になることは言わないほうがいい。……わたしの言うことに耳を傾けなくてもいいがね」

警察署に到着すると、シェパードはぼくたちふたりを引き離した。ぼくが入れられたのは薄暗い取調室だった。壁の鏡が実はマジックミラーになっているのは、映画で観て知っている。椅子がひとつとコップ一杯の水、メモ用紙と鉛筆。ぼくの供述書用だろう。なにからなにまで映画で観たとおりだけど、映画では待たされる時間が描かれない。現実では、たっぷり待たされた。およそ二時間、すわり心地が最悪の椅子で居眠りしたり、はっと起きたりしながら、だれかが事情聴取に来るのをひたすら待ち続けた。

どう話そうか。ええと、おまわりさん。まず、あのくそったれはぼくが殴ったあとに死にましたが、殴ったせいで死んだんじゃありません。あいつは毒を飲まされて、ヘビにも嚙《か》まれたんです。そう、どこからともなく出現したヘビに。というのも、東海岸にはヘビが失踪した飼い主がいませんから。それから、麻薬密売人がぼくたちをダイナーまで尾《つ》けてきたので、彼を追っかけたら、森の中に逃げました。ぼくはダンスパーティに行って、親友とキスすることを考えましたが、しませんでした。で、別の女の子がぼくと踊りたがって、たぶんキスもしたがって、ところが彼女はだれかにプラスティックの宝石をのどに突っこまれて、そのせいでだれもだれかにキスしてなくて、でも、彼女とランドールはしたかもしれません。学校の地下にある部屋では、ぼくの親友……ぼくがキスしてない子です……がサイコキラーであることを裏づける証拠がどっさり見つかりました。それで、ぼくはやってもいない異常犯罪の罪に問われておまわりさんに事情聴取されているんだと思いますけど、でもそれは、ぼくが犯罪にかかわったと警察に思いこませたい人間がいるからなんです。その連中があまりにうまく仕組んだせいで、ぼくはもう少しで自分がやったと信じるところでしたよ。

これでよし。疲れてぼうっとしているぼくはそう思い、紙に書き始めた。

天井で雑音が鳴った。はっと見上げると、ケースに入ったスピーカーが隅に二台設置してあった。今の今まで気がつかなかった。そのスピーカーがホームズの声でしゃべり始めた。

「去年はずっと、アーロン・デイビスという名の上級生から買っていました」

ぼくは叫んだ。

「だれか！　ここの音響システムがおかしいぞ！」

返事はない。ホームズの声がだらだら続くだけだ。

「彼が寮までパッケージを届けてくれて、わたしが彼の郵便受けに代金を入れます。単純そのものです。錠剤だったので。しかし、今年の五月、わたしがもっと強いものをほしがったら、彼にあの部屋に連れていかれました。彼の見ている前で使えって。密告するために買うのではないと確認したいというわけです」

そこでシェパードの声が聞こえた。

「あの密売人……きみがわれわれに断りもなく追いかけていた男は……」

「これまで会ったことのない男です。実は顔もはっきり見ていません。知らない男であることを考えると、彼を使っている人物は、わたしが思うに……」

彼女は今にも〝マイロ〟か〝わたしの兄〟か〝オーガスト〟と言おうとしている。

「……わかりません。どう思っているのか、自分でもわかりません」

そんな言いわけじゃ切り抜けられないよ。ぼくはやきもきしたけど、自分が彼女の味方とは言えないことを思い出した。そう、今夜はちがう。

「われわれはあの部屋できみの指紋を検出したよ、シャーロット」

「アーロンとはいつもあの部屋の外で取引をしていました。そう言ったでしょう？　もしあそこでわたしの指紋が見つかるとしたら、ドアの内側か壁だけで、それも数ヵ月以上は前のものでしょう。ぬれぎぬを着せるために置かれた偽連続殺人犯の所持品にはないはずです」

「きみがあの部屋にいた理由はそれか？　手袋なしでさわってしまったものを処分しようとしていたのか？　無実の人間はふつう、きみほど多くの弁明はしないものだが」

「そちらがききたいのは、わたしがなぜあの部屋に……あなたが追ってきているのを知りながら、わたしがまっすぐに向かったあの部屋に……いたかですよね。シェリングフォード高校の中で、もっとも見下げた生徒たちだけが存在を知るあの部屋に。わたしはあの部屋を、ネットワークテレビの美術監督みたいに装飾することに決めたんです。あそこに残してある手書きの記録書類を処分できるように」

彼女はそこで鼻を鳴らした。

「わたしの一族のことを言い立てて、あなたの知性を侮辱する気はありませんよ、シェパード刑事。重要なのは血筋ではなく、訓練ですから。わたしは、ばかでもありません。シェリー・ドブスンを殺害していないし、エリザベス・ハートウェルを襲ってもいません。彼女が話せるまでに回復したら、そのことを証言してくれるでしょう」

「彼女は外傷性脳損傷を負っている。彼女の記憶がどの程度残っているか、われわれにもまだ不明だ。しかし、訓練を積んだきみは、このような結果になるとわかって、彼女を木の枝でめった打ちにしたにちがいない」

「わかりました。両親に電話してください。それからスコットランド・ヤードにも。あそこには知り合いがいますから。わたしが人びとを助けていることを、彼らが証言してくれるでしょう」

「電話なら、きみがまずわれわれにするべきだったよ、シャーロット」

椅子が後ろにさがる音がした。そして決定的な一撃が来た。

「ところで、この件におけるジェイミー・ワトスンの役割はなんだ？ きみの従犯者か？ 一連のできごとでブレーンを務めているのは明らかに彼ではない」

「おい、だれか！」

ぼくはもう一度叫んだ。こんな話は聞きたくない。

彼女がぴしゃりと言った。

「わたしの自尊心をくすぐるのはやめてください。自尊心のくすぐりかたなら、わたし自身がよく知っていますから」

刑事がさらに大きな声で言った。

「きみの従犯者は、必要とあらば身代わりにできる。金持ちのママとパパがきみを自家用機でひそかに国外脱出させるとき、だれかがアメリカに残ってすべてをかぶらないといけない」

その瞬間、ぼくは絶対に信じたくないことを考えずにはいられない立場に立った。

それは奇妙な体験だった。ぼくはふたつの相反することを同時に考えていた。

この怪しい〝偶発的な〟盗み聞きは、警察が仕組んだことにちがいない。ホームズが今までずっとぼくを利用していたと認めた瞬間、頭に血が上ったぼくが、すべてホームズの犯行だと自白する……それが狙いだ。『ロー＆オーダー』で観たことがある。容疑者をわざと分断してたがいに密告させ合う手口がどんなに有効か、ぼくも知っている。でも、警察は見通しが甘い。ぼくたちには密告するような秘密がないんだから。

でも。

もしも警察の言っていることが正しかったら？

リー・ドブスンの野郎を殺したのが実はホームズで、おもしろ半分にぼくを引っぱりこんで、自分の犯した犯罪を解決するふりをしようと決心したとしたら？　人殺し呼ばわりされてあんなに落ち着きを失ったのは、ホームズが実際に人を殺したからだとしたら？　ぼくとホイートトリー先生がいたパンチのテーブルから姿を消してから、外のベンチにいるところをぼくに見つかるまでのあいだ、ホームズがエリザベス・ハートウェルの頭をぶん殴って、のどにプラスティックの宝石をつめていたとしたら？　彼女がきわめて入念な計画のもとにドブスンに対する冷酷な復讐《ふくしゅう》を実行したのだとしたら？　もしも……ああ、そんな……ぼくたちの友情が、彼女が物語を病的に再現する際の、単なる病的な彩りみたいなものだとしたら？　シェリングフォード高校の暗い中庭で《青いガーネット》が演じられるとき、再結成されるホームズとワトスンのコンビ。そして、盗んだ宝石をガチョウの餌袋に隠す代わりに、女の子ののどにつめて窒息死させる。

「ジェイミー・ワトスンは」

ホームズが静かな声で言った。

「あなたが考えているよりも、はるかに賢い。彼はわたしの従犯者ではありません。だれの従犯者でもない。彼はなにひとつ罪を犯していないのです」

〝彼は〟罪を犯していない、と彼女は言った。〝われわれは〟ではなく。

ぼくは少しも気分がよくならなかった。ドアが開き、やつれた顔の父が入ってきて、ぼくをひと目見るなり「よし、家に帰ろう」と言ったときでさえ。

警察署から出るとき、ホームズもぼくも犯罪で起訴されないことを父が教えてくれた。警察は拘留に必要な証拠を持っていないのだ。状況証拠しかないから、今は事情聴取以上のことはできない。「警察がおまえたちを言いくるめたりしなくてよかった」父はぼくをじっと見つめると、まるで大いなる知恵を授けるみたいに、いかなるときも弁護士を呼ぶことを忘れるな、と言った。

ぼくはいつも、父の父親らしくないところが好きじゃなかった。どんなに退屈でもいいから権威的にふるまう人物を見つけてきて、父と交換したいと思ってきた。でも今夜は、説教タイムやお涙ちょうだいがないのがありがたかった。

夜ふけの警察署までぼくを迎えに来た父は、心なしかわくわくしているように見える。

父は警察署の入り口で言った。

「車を回してくる。うちに帰ったら、おまえはすぐに寝たほうがいい。事情聴取を一日分しか延ばしてもらえなかったから、晩飯が終わったらまた警察が出頭を要請してくるぞ。

日曜の夜、シェパードは約束どおりに来る気だしな」

ぼくの足は少しふらついたけど、気にはしない。でも、後ろから彼女がネコみたいに忍び寄ってくるのを感じたので、そうもいかなくなった。ぼくはあえて振り向かずにいた。

父の車が来ると、ホームズはなにも言わずに助手席のドアを開けて乗りこんだ。ぼくはむっとしながら後部座席に回り、おもちゃやお菓子の包み紙の小さな雪崩を奥に押しやった。会ったことのない異母弟たちが散らかしたものだろう。自分が人生の主役から降ろされたような気分をなんとか胸に押しこめる。

家に向かう車中では、父が絶え間なくしゃべり続け、それにホームズが一語で答えるというふうだった。ぼくが口をはさむ余地はまったくなし。怒りと不安でむしゃくしゃし、頭の中で怒鳴り声を上げていた。

父が郊外のガソリン・スタンドに立ち寄ったとき、ぼくは冷たい窓に頭をもたせかけて、呼吸を静めようとした。あと何時間かしたら、ぼくはやってもいない犯罪で逮捕されてしまう。アメリカになんか戻ってこなければよかった。いっそこの手でドブスンを殺していれば、自白してすっきりできるのに。それで、すべてを終わりにできる。ホームズとぼくが暴走列車に乗っている場面をまた思った。あの感傷的な空想が砕け散るのを、心のどこかで感じているのかもしれない。

ホームズが無言で手を伸ばして後ろをまさぐり、ぼくの手を探り当てると、ぎゅっと握ってきた。握り返そうかと迷う。ぼくは殺人犯と手をつないでいるのかもしれない。でも、すごくくたびれているから、そんなことは気にしないことにする。ガソリンスタンドを出てから、三人とも黙りこくった。

ぼくはスタンドでのできごとが頭から離れず、別の不安をすっかり忘れていた。そのとき、子ども時代をすごした家がいきなり視界に飛びこんできた。たちまち、この通りで自転車の乗りかたを覚えた日の記憶がよみがえった。手を離しても大丈夫だと、いくらぼくが言っても、父はずっとサドルの後ろを押さえていた。大声で笑いながら父がやっと手を離したとき、ぼくは一メートルもの距離を走ったすえに道路の出っぱりにぶつかり、頭からハンドルの上を飛び越えた。

暗い寒空の下、自転車が一台、庭で横倒しになっている。ぼくのものじゃない。父もそれに気づいたらしく、ちらっと後部座席のぼくを見た。心配する顔色。父自身も不安なんだ。生まれて初めて父を気の毒に思った。

「週末のあいだ、アビーは息子たちを連れて実家に帰ってる」

車をガレージに入れながら、父がことさらに明るい口調で言った。

「だから、おれたちだけで水入らずだ。ステーキパイを作っておいたから、夕食に焼いて食べよう。だが今は、おまえたちふたりは休まないとな」

ホームズはよろめくように家に入ると、まっすぐリビングルームのカウチに向かった。靴も脱がず、ひと言の断りもなく、ホームカミングのドレス姿のままで身を横たえると、あっという間に眠りに落ちた。

ぼくが彼女のそばのひじかけ椅子にすわり込むと、父が言った。

「お客用の寝室があるぞ」

「知ってる。ここに住んでたことがあるから」

それに対して父はなにも言わなかった。

本当のことを言うと、相反するいくつかの理由のために、ぼくはホームズにつねに目を配れる場所にいたかった。眠りこんだときも、聞き耳だけは立てておきたかった。彼女がぼくをひとり置いて逃げてしまわないように。

目を覚ましたとき、あたりはまたもや暗かった。日暮れの薄暗さだ。壁の時計を見ると、六時七分。まる一日眠っていたらしい。カウチの様子を見ると、ホームズもついさっきまで寝ていたみたいだ。

キッチンで物音がしている。中を見ると、記憶にあるように明るく照らされ、当時と同じテーブルと椅子があった。でも、暗い色だった食器棚などは表面が白に変わり、壁の色は淡いブルーに塗り替えられている。流し台ににらみをきかせているのは陶器のニワトリ。持ちこんだのはきっとアビゲイルだ。父が家の中を見て回るように勧めたけれど、ぼくは断った。

ホームズはカウンターにある高いスツールのひとつにすわり、足をぶらぶらさせながら部屋を見回していた。兵士が闇の中で銃を組み立てるみたいに、この家とぼくの子ども時代の物語を組み立てているのだろう。いつもは常識的にふるまうのはぼくのほうなのに、今回は初めて彼女がその役目を果たしている。

「やあ」とぼくは声をかけた。

「やあ。ぐっすり眠れた？」

「よく寝たよ」

ぼくたちは目を合わさずにいた。

オーブンが温まったところで父が言った。

「さてと。料理に取りかかろう。シェパードのやつが来るまで……あと一時間だ。自分たちの身の潔白を証明するものは見つかったか？」

ホームズが答える。

「なにも。まあ、まず第一に、われわれはだれも殺していないという事実があります」

「きみはだれも殺してないんだね」

ぼくがオウム返しにそう言うと、彼女の眉が持ち上がった。

「われわれはこの学校でだれひとり襲っていない。われわれはだれかを殺したことなどない」

その言葉は慎重に選ばれたものだ。

「じゃあ、あの……あの連続殺人犯の隠れ家は、きみのじゃないんだね？」

「あの連続殺人犯の隠れ家は、わたしのものではない。きみのものでもないだろうね？片方だけに確かめるのは、少し不公平というものだろう」

思いがけないことに彼女が大きな笑みを向けてきた。

ぼくが鼻にしわを寄せてやったら、彼女に腕をたたかれた。まったく、ぼくときたら。たとえホームズが本当は冷酷な殺人者であると発覚しても、彼女に腹を立て続けるなんてできやしない。ぼくはそれほど深入りしている。ものすごく深くまで。

父が困惑したように言った。

「おいおい。そんなことはわかりきってる事実だと思ってたんだが。おまえたちの疑いをすっきり晴らす証拠はなにかないのか？」

「大勢の目撃者が、エリザベスを襲ったのがわたしたちでないことを証明してくれます。エリザベス自身も目を覚ましたら証人になるでしょう。とはいえ、それでは心もとない。今から一時間十五分ほどしたら、ある影響力の行使によって、容疑者リストからわたしたちの名前がはずれ、シェパードがわたしたちを捜査に加えることになると思います」

そんなことは初耳だった。

「なんだって?」

ホームズは髪を耳の後ろにかき上げるだけで、なにも言わない。ぼくたちの真向かいにいる父は、あからさまに瞳を輝かせている。

ぼくは父を見つめた。

「あのさ、ここは親として心配すべきじゃないの?」

父はおかまいなしに冷蔵庫からシャンパンを取り出す。

「ここは乾杯だと思うぞ。小さいグラスならいいだろう」

コルクがぽんと抜かれ、泡があふれ出た。ホームズとぼくはびっくりした顔を見合わせた。ぼくの父に信用されたことが、彼女には意外だったらしい。ホームズを驚かせる人間なんてめったにいないけど、どうやら父はそのひとりみたいだ。ぼくにとっては、どうでもいい。ぼくは、たぶんシャバで最後の一杯になるシャンパンを手にして、グラスの縁から泡をすすった。

ホームズはいつものホームズらしく父を見ると、調査に取りかかった。

「ああ、おいしい。ありがとうございます。でも、祝杯の理由を教えてください。あなたはわたしをそれほど信用していない。乾杯には別の意味合いもあるはずです」

彼女は片ひじをついて身を乗り出し、隠しておいた魅力をここぞとばかりに発揮した。

「パイもすごくいいにおい。こんなほっとできる食べものはいつぶりかしら」

父が彼女のたくらみに気がついていたとしても――気がつかないわけないけど――別にいやがるふうはなかった。

「作りかたはジェイミーのおばあちゃんからの直伝なんだ。ずいぶん長いあいだ腕をふるう機会がなかったんだがね。ふたりのためにも、これがうまくいってよかった。ちょっと心配だったんだ」

「うまくいった？　なにが？　ぼくに探偵の訓練を積ませるために父さんがドブスンを殺したって言うんなら、ぼくは神さまに誓って……」

父は手を振ってさえぎった。

「ジェイミー、荒唐無稽すぎだ。もちろんそんなわけはない」

「もちろんちがう。それはもっと前に始まっているのだから」

ホームズがつぶやいた。脳内の機械がうなりをたてて作動し始めたらしい。

父がうれしそうに言う。

「そうだとも。続けて」

ホームズはまるで馬を見るような目つきでぼくを見てきた。ぼくは椅子の上で居心地悪く身じろぎした。

「それはお遊び。ラグビーに関係しているはずです」

彼女の言葉に父がグラスをかかげた。

「すばらしい。悪いが、ジェイミー、おまえがあっさり信じこんだのが今でも不思議だよ。ラグビー特待生の件だ。確かにおまえは能力があって、今のチームにふさわしい選手だが、ちょっとばかり不自然な話だと思わないか？　実を言うと、すべては去年の夏に、おれたちが酒の席でたくらんだことなんだ」

「おれたち？」

「あなたとわたしの叔父ですね」

ホームズがぼくに目もくれずに父に言った。

「どういうこと？」

ぼくは力なく言った。自分が実際には天才ラグビー選手じゃないことや、だれもそのことを哀れなキャプテンに言わなかったことが、まだ頭の中でまとまらない。

「待ってよ。きみはこの謎を解こうとしてるの？　ドブスンとエリザベスと売人の謎じゃなくて。今はこっちの謎を。ぼくはそこに謎があることさえ知らなかったのに。きみみたいな子といっしょにいなきゃいけないないなんて、ぼくは前世でいったいなにをしでかしたんだ？」

父はにこにこ顔だ。三人のうちひとりでもこの場を楽しんでいるならいいや。

「その先は？　どうやってわかったか教えてくれ」

ホームズは指を折りながら論拠をひとつずつ披露した。

「あなたの生まれは、ほかのご家族と同じくエディンバラ。しかし言葉にオックスブリッジの特徴がある。シャンパングラスを取り出すために食器棚を開けたとき、一番上の棚にベイリオル・カレッジの紋章がついたマグカップが見えた。つまり、オックスフォード出身です」

父は両手を広げて話の続きを待った。

「初対面のとき、あなたは驚くほどの親しみをこめてわたしを抱擁した。しかし息子さんにはそうしなかった。ふたりがむずかしい関係にあるとはいえ……」

父の笑みがほんの一瞬だけ弱まった。

「……単に抱擁癖があるだけなら、彼も抱きしめようとしたはず。そうではなく、あなたにはわたし個人を知っている感じがあった。わたしのうわさを聞いているにちがいない。それも新聞からではない。もし新聞なら、抱擁ではなくわたしに対するおとなの同情を示しただろうから。すなわちあなたは、わたしのことを温かい言葉で賞賛する人物から話を直接聞いた。まず第一に、それはわたしの両親ではない。第二に、ほかの大部分の親類もちがう。兄のマイロは友というものを信用しないし、いずれにしても、極度の強迫観念によってベルリンのアパートを引き払うような秘密主義のずんぐりしたコンピュータの天才を相手に、あなたが談笑する理由が見当たらない。叔母のアラミンタは一族の中ではまずまずの好人物とはいえ、世間の標準から言えば氷のように冷たい。従妹のマーガレットはまだ十二歳だし、大叔母のアガサは他界している。わが一族の御しがたい構成員をめぐる旅は、こういうことになる。

ただし、例外がひとり。わたしが敬愛する叔父のレアンダーです。八九年ベイリオル・カレッジ卒、わたしにバイオリンを与えてくれ、みずからの意志でパーティを主催したことで記憶される最初のホームズ。言うまでもなく、叔父とあなたは友人どうしです」

彼女は父に一瞬だけ目をこらした。

「なるほど。アパートの同居人でしたか。短くて一年、長くて三年にわたって」

ぼくはシャンパンをもう一杯注いで、ぐっと飲み干した。父がボトルを片づけた。

「きみは叔父さんに負けず劣らず聡明だよ、シャーロット。しかも、はるかに仕事が早い。レアンダーときたら無精で、事件を解決しておきながら何ヵ月も依頼人に伝え忘れたりするからな」

父はぼくに向いた。

「彼はおまえの七歳の誕生日パーティに来てくれたんだが、覚えてないか？」

ぼくの七歳の誕生日パーティは道路沿いの遊園地で開かれた。ゴーカートのコースとゲーム台がいくつかある場所だ。

「おまえにウサギをプレゼントしてくれた。でっかいやつだよ。だらんとした大きな耳の。おまえの母さんは、いかにも彼女らしいが、すぐさま田舎の適当な家に送ってしまった」

「ハロルドだ」

それがウサギの名前。ぼくは記憶をつなぎ合わせた。髪をなでつけ、気だるい感じの笑みを浮かべた、すごく背の高い男の人の印象。

「おまえの母さんと出会う前、向こうで彼と部屋を借りた。ロンドンにのこのこ出ていく前の独身時代だ。レアンダーは私立探偵として身を立てていて、おれのほうは……まあ、ひどく退屈な日々を送ってたよ。おれたちは、パブで開かれた同窓会で引き合わされた。

おまえも知ってのとおり、みんなホームズ家の人間をワトスン家の人間に紹介したがるからな。彼はバーテンダーに話しかけてた。レアンダーは必要や状況に応じて、相手にちゃんと愛想をふりまけるんだ」

父はホームズに眉を上げてみせた。彼女は顔を赤らめなかったけど、うれしかったみたいだ。ぼくはきいた。

「今も友だちなの?」

「ああ、もちろん。おれたちふたりは最良かつ厄介な取り合わせだ。リンゴとオレンジほどちがう。いや、リンゴと山刀《マチェーテ》ほどかな」

父はぼくの顔をじっと見た。

「おれは、おまえには多少の変化が必要だと思ったんだ、ジェイミー。あのロンドンの学校は、生徒を紳士に仕立ててるだけなのに金がかかりすぎで、おれが援助したとしても、おまえを通わせ続けるのはきつかった。そんな不満をレアンダーに打ち明けたら、シャーロットがちょうどこっちにあずけられてて、友だちもいないし、それにこの家からたった一時間のところにいるって聞かされたんだ。おまえたちふたりはこうやって顔を合わせた、しかもアメリカの同じ全寮制学校で……これが単なる偶然の一致だと思うか?」

こういうろくでもない爆弾発言や反語的疑問文にはもううんざりだ。

「思うよ」

ぼくは当てつけで言った。

「それに、パイが焦げてるみたいなにおいがする」

ホームズがくんくんと鼻を鳴らし、「それどころか、とてもいいにおいだ」と言って、パイを冷ますためにオーブンから取り出した。ぼくがにらみつけると彼女は、やれやれ、の身ぶりをしてみせた。

「学費だが……レアンダーが出すと申し出てくれた。おれが断ったら、それならストラディバリウスをもう一丁買うだけだと言うんだ。ストラディバリウスの値段だったらシェリングフォードの街が丸ごと買えると言って聞かせたが、彼は断固として譲らない。おれは申し出を受け入れた。それで、レアンダーが理事会にちょっとした手品を使って、おまえに〝奨学金〟が出ることになった。ラグビー部の活動を一時停止させられたとき、奨学金の資格が失効しなかったのを不思議に思わなかったか?」

父はにやっと笑った。

「そういうわけさ。おかしいだろ。彼は大いに楽しんでると思う」

「そうだね。おかしいよ」

ぼくはそう答えて、こっちに送られるときに抱いた激しい怒りや、ロンドンや友だちや妹と無理やり引き離されたことを思った。

父は手を打ち鳴らした。

「ともあれ、おまえたちは会った！　友だちになった！　最高のコンビだとわかった！　おれの望んだ以上の結果だ。さあ、刑事がやってくる前に食べようじゃないか」

ホームズの電話が鳴った。

「これに出ないと。失礼」

彼女は裏口から出ていった。ドレス姿のままで行ったり来たりしながら、だれかと早口で会話しているのが、窓ごしに見えた。ぼくは口に出して言った。

「電話に出るなんて、だれからかな？　きっとお兄さんだな」

父はパイを切り分けている。

「おまえがおれに腹を立ててないといいんだが」

「腹は立ててない。激怒してる」

「でも、けっこううまくいったみたいじゃないか。それは、おまえも認めざるをえないはずだ」

父は山盛りの皿を手渡してきた。ひどく空腹じゃなければよかったのに。

「うまく？　これがうまくいった？　ぼくが認めざるをえないことなんか、なにもない」

「ジェイミー、そんな態度はよしてくれ。シャーロットと会えてうれしくないのか？　かわいい子じゃないか？」

「頼むから、論点をずらさないでくれる？　これはホームズの話じゃない。父さんがぼくをだましてこっちに来させた話だよ。ぼくのことを知りもしないくせに！　何年も会ってなかったのに！　退屈だからって、おもしろ半分にぼくの人生に手を突っこんで、くそみそにするなんて、そんな理屈が通るかよ？」

「言葉に気をつけなさい」

「すぐ、それだ」

ぼくの声は大きくなっていた。

「聞きたくない答えだと、そうやって話をはぐらかす。どんな理由か知らないけど、父さんがすてきな父親になろうって決めたところで、ぼくはどうしていいかさっぱりわからないよ」

父がナイフを置いた。その手が震えている。父の目に涙が光っているのを見て、ぼくはショックを受けた。

「おまえの言うとおりだな、ジェイミー。おれにはもう、おまえがわからない。この状況を変えたいとは思ってるんだが」

玄関のベルが鳴った。

「約束より早いな。おれが出る」

父が部屋を出ていくと、ぼくは荒い息を吐き出した。息を止めていたことに気がつかなかった。

ホームズが家の中にそっと戻ってきた。

「なるほど、ひどくやり合ったらしい」

ぼくを見て言う。それは観察であって同情の言葉じゃない。だから、それに答える義務はない。ぼくは答える代わりにスツールを引いた。

「すわって。だれからの電話?」

父が戻ってきた。あとにシェパード刑事がついてくる。ふたりの顔を見たホームズが、いつも隙のない姿勢をさらに正した。ぼくにはわからないなにかを読み取ったらしい。

「ジェイミー、シャーロット。署まで同行してもらいたい。今すぐに」

挨拶する刑事の目の下にくまがあるのに気がついた。ぼくはきいた。

「なんの容疑ですか?」

「署まで同行してもらいたい」

言葉を繰り返すだけで質問に答えないのは、シェパードのいつものやりかただ。

ホームズが冷ややかに言った。

「わたしの弁護士を呼ぶまで待ってもらいます。われわれふたりの代理人を務めてもらう弁護士ですが、オフィスがニューヨークなので来るのに数時間はかかります。彼に電話してもいいですか?」

刑事がうなずき、ホームズがその場で電話した。

ぼくは急に、ほっとした。考えられる最悪の事態が起きつつある。これでやっと心配をすることから解放される。

父は、いつもの父らしく、この瞬間から心配を始めることにしたようだ。

「それまで食事をさせてもかまいませんか?」

父の声には懇願の響きがあった。

「この子たちがどれぐらい署にいるかわからないので、夕食を用意したんです。もちろん、よければあなたもいっしょにどうぞ」

シェパードはためらった。彼はホームズのきゃしゃな身体を見て、ぼくの前で湯気を立てている皿を見てから、妥協の表情を見せた。

「いいでしょう。どのみち弁護士の到着を待たざるをえませんから、ふたりは食事ができますよ。ただし、速やかに願います」

ぼくはパイをがんばって食べようとしたけど、ふた口ぐらいでやめた。シェパードにじろじろ見られては、食欲も失せてしまう。ホームズはというと、逆に食欲を出すことに決めたみたいだ。パイ皮からニンジンをひとつずつ潔癖なほどゆっくり取りのぞいている。それが終わると、パイを四分の一に切り分け、さらにそれを半分ずつにした。そのひとかけらをフォークで突き刺し、マッシュポテトに突っこんでから口に運ぶ。ひと口分につき、嚙む回数は十七回。そして、同じことを繰り返す。向かいにすわっている父は、片手でテーブルをぎゅっとつかみながら、彼女をじっと見ていた。

父はまだこの場を楽しんでいるのだろうか。

静寂に支配されたまま二十分がたったけれど、ホームズはまだステーキに行き着いていなくて、刑事は楽しくなさそうに椅子で身じろぎを始めた。この機会に彼のことをリスト化しようと思い、ぼくはホームズ流の推理を試みた。年齢は三十代後半と見た。ひげはきれいに剃《そ》っているけど、服はしわくちゃ。昨夜ホームズを事情聴取したあと、着替えやシャワーのために家に帰ってはいない。左手に結婚指輪。子どもがいるかどうか断定できないけど、ぼくたちに夕食を許可したところを見ると、父親であると思う。説明がつかないのは、なんだか仕事をしぶしぶやっている感じがすることだ。彼の態度や、不機嫌な顔つきや、眉間に寄せたしわが、嫌気みたいなものをかもし出している。ぼくの父と同じように、やる気を失っている。

「なぜきみがドブスンにあんなことをしたのか、理解はできる」

食事するホームズを見ながら、刑事が静かに言った。彼女は顔を上げようとしない。

「どの報告にも、あの少年がろくでなしで、きみに執着していたとあった。だが、わたしが理解できないのは、なぜ彼からの仕打ちを学校に伝えてやめさせようとしなかったかだ。もうひとつ理解できないのは、なぜきみたちふたりがエリザベス・ハートウェルに危害を加えたか。シャーロット、看護師のブライオニー・ダウンズに聞いたが、ダンスパーティの夜、きみはずっと行動に一貫性がなかったそうだな。さらに、きみたちは男を追跡して、われわれが耳にしたこともない地下トンネルに入っていった。そこでわれわれが見つけたのは、刑事ドラマから抜け出てきたような隠れ家で、きみたちはその部屋でわれわれを待っていた。あそこで、これを見つけた」

彼はバッグからズボンと黒いTシャツを取り出し、ホームズの目の前で広げてみせた。

「きみのか?」

マットレスの上にあった服だ。

ホームズは関心がない様子で顔を上げた。

「はい。しかし、その服を調べたのなら、一度も着た形跡がないのがおわかりでしょう?」

シェパードがうなずく。ホームズは彼が知らないことをひとつも話していない。

「わたしが自分で調べたよ、シャーロット。今朝は何本も電話をかけた。その中の一本はきみのお母さんあてだ」

父が身を乗り出し、「それで?」と言った。

シェパードはなにか考える様子でこめかみをこすると、バッグからバインダーを引っぱり出し、それを開いてテーブルに置いた。

「ジェイミー、きみの言う麻薬密売人をこの中から指摘してくれないか?」

ぼくは皿を横に押しやった。目の前の十二人の男は、どれも金髪でみすぼらしい顔立ちだった。年齢の幅は、ぼくより二、三歳年上から四十歳まで。ひとりは目の上の傷跡を見せびらかし、別のひとりは笑った口に歯がない。上から三番めが、ぼくが覚えている顔に一番近かった。なんとか記憶をたぐり寄せる。

「こいつです」

実際より少し確信があるような声が出た。

刑事は写真を指でたたきながら言った。

「その男は今朝、みずから出頭してきた。彼は、ずっと前からシャーロットに売りさばいてもらっていたと白状したよ。彼のためにシャーロットが書いたという、手書きの取引記録を提出した。彼は自分の罪を悔いて、今は生徒たちが安全でいられるように願うと言っている。彼女の危険からね」

シェパードは一瞬、苦しげに目を閉じた。

「取引記録に怪しい点はない。書かれた文字は、生物の教師に提出してもらったきみの筆跡サンプルと完全に一致したよ、シャーロット」

ホームズがわずかに関心を示してきいた。

「男の名前は?」

「ジョン・スミスと名乗っている」

ホームズはなにも言わずに部屋を出たと思ったら、すぐに小さな赤いノートを持って戻ってきた。それをテーブルに置いて、最後のほうのページまでめくる。彼女自身のとげとげした筆跡で〝シャーロット・ホームズは人殺し〟と書かれたページだ。

「信じてもらえないかもしれませんが、これをジョン・スミスの車で見つけました」

彼女は食事に戻った。刑事がぼくと父に言った
「われわれはシャーロットが売りつけた相手の生徒たちを引き続き調査する予定です。そこで真実が明らかになるでしょう」

「その記録はあいつが捏造《ねつぞう》したんだ。全部そうだよ。あの部屋にあったものは……」

ぼくの意見はシェパードにさえぎられた。

「いいか。今朝、わたしはスコットランド・ヤードにも電話した。向こうのだれもが、きみのために証言すると言っていたよ、シャーロット。まあ、きみにあまり好意を持っていない者もいくらかいるだろうし、きみが犯罪に巻きこまれたと聞いて驚く者もいなかったが、みなが口をそろえて言っていたのは、きみがだれかを傷つける人間ではないということだった。たぶん、今ごろは彼らを死ぬほど悩ませているだろう」

ホームズの口角が小さく持ち上がったけど、無言のままだった。

「彼らに念を押されたよ。もしもきみが真犯人だったら、このわたしがきみを容疑者リストに入れることはなかっただろう、とね」

彼は父のほうを向いた。

「彼女はなかなか評判がいいようですね。それから、わたしはアーロン・デイビスについてフィラデルフィア警察に問い合わせてみました。彼はシェリングフォード高校にいた前の売人で、ペンシルベニア大でもオキシを売ったため服役中です。わたしに借りのある知り合いが先方にいるので、アーロン自身にいくつか質問をぶつけたところ、彼はシャーロットのことを覚えていましたよ。去年、あの部屋で彼女に売ったと証言して、彼女の話を裏づけました。また、彼女には友人がいないし、こらえ性もないから、だれかにブツを売りさばくなどできないだろう、とも。われわれはこれも引き続き調査します。アーロンは四人なので、証言を無条件に信用はできませんがね……」

シェパードは意味ありげに肩をすくめた。

「しかし、未成年者が一名死んでいます。もう一名は入院中です。ここにいるふたりは一見すると善良すぎるほどだが、シャーロットは化学実験室を個人所有していて、そこに大量の毒物を保管していた。そして、きみは……」

彼はぼくを指さした。

「……夜間にリー・ドブスンの部屋に容易に侵入することができた。エリザベス・ハートウェルと急接近してもいた。きみとシャーロットはある種のよからぬ恋人契約を結んでいるように見えるんだ。だれかがふたりをデートさせようと画策したり、手当たり次第にくっつけようとした結果かもしれないが、それよりずっと理にかなった答えは、シャーロット・ホームズが周囲の思っている半分も善良でなかったということだ。わたし自身、気に入っている答えではないが、もっといい答えを手にするまでは……」

ホームズが顔を上げ、直後にシェパードの電話が鳴った。

「待ってくれ」

彼は電話を耳に当てた。

「シェパードだ……ゆっくり頼む。彼女がどうしたって？　いや……いや、それでいい……ああ……彼女の具合は……よかった。ああ、できるだけ早くそっちへ行く」

どこかほっとしたように、ぼくたちを見た。

「ここでの用件を手早くすまさねば」

「このパイ、おいしいです。おかわりはあります？」

ホームズが父に言った。父は困惑して見返した。


何者かがリーナを殺そうとした。

シェパードはぼくたちにそう伝えた。ホームカミングの夜が明けた今日、リーナはホームズがいなくても気にすることなく自室のベッドにこもり、雑誌を読んだり、家から送られた差し入れのクッキーを食べたりしてすごしていた。音楽をがんがん鳴らしていたので、ドアにノックが鳴ったとき、初めは空耳かと思ったらしい。立っていって確かめると、ドアの敷居のところに小包があった。中身はスライド式の象牙細工の宝石箱だった。

彼女は包み紙を開けたものの、宝石箱は開けなかった。ルームメートのせいで怪しいものを目にするのには慣れっこだし、これまで届いた不可解な荷物はいつもホームズあてだったからだ（「わたしはひんぱんにネットで買い物をするので」とホームズがシェパードをじっと見つめて告げた)。それで、リーナは宝石箱をルームメートの机に置いて、ひと眠りした。

二十分後、リーナが異変に気づいて目を覚ますと、スキーマスクをかぶった男が彼女ののどに片手を伸ばしていた。まるで脈を調べるか、絞め殺そうとするかのように。リーナは悲鳴を上げた。男は逃げた。彼女はすぐに警察を呼んで、謎の箱を引き渡した。ぼくたちがこうして話しているあいだも、警察はその箱を署で調べているという。

一連の顚末《てんまつ》を聞いて、内容に聞き覚えがある気がしてならなかったけど、それがなにかは思い出せなかった。

「それが起きたのはいつです？　たった今ですか？　彼女と話をしてから二十分もたっていないのに」

問いただすホームズの手は震えていた。そんなにリーナのことを気にかけているなんて、ぼくは知らなかった。

刑事がメモ帳とペンを取り出した。

「どんな話をした？」

「ホームカミングのとき、彼女がわたしのドレスにパンチをこぼしたので、そのことをわたしがまだ怒っているか知りたいと。わたしは、すんだことだと言って、ふたりでドレスをクリーニングに出すことになりました。たいした損害ではないですから」

さっきの電話はリーナからだったんだ。ホームズが彼女からの電話に出るところを、ぼくは今まで一度も見たことがない。ホームズはリーナだけじゃなく、ほかのどんな電話もいつも留守電に送り、手の空いたときにそれを聞いて仕分けする。

「彼女は、きみが警察署に行ったことを知っているか？　きみの今日の居場所を把握していたか？」

「いいえ。ジェイミーだけにしか話していませんから。わたしの警察行きは学校のだれも知らないでしょう、パトカーで連行されるところを目撃されていないかぎり。しかし、あのときは暗かったですから」

父は部屋の隅で椅子にすわってメモを取っている。「暗かった、と」とひとりごとをつぶやいた。

「それより、リーナは無事ですか？　すみません、なんてひどい話かと……でも、その男が危害を加えようとしたのは、リーナではなくわたしだと思います。それから、その怪しい箱……ねえ、ジェイミー、きみもぴんと来ない？」

ホームズの下唇が震えている。その態度は、いつものホームズらしくない。ふつうを装っている。寮の自分の部屋で起きた犯罪を逃しながら、話を聞いてただちに行動する気がないみたいに。まるで、彼女は全然……。

一瞬のうちにひらめいた。

ああ、彼女はやっぱり光り輝いている。まるで網膜を焼かれずに見ることができない超高速の彗星《すいせい》みたいに。発光生物に満ちた湖みたいに。彼女は十六歳の天才探偵で、ひと目見ただけで相手の身の上を語り、ぼくを含めてだれもが眠りこけている土曜日の早朝に、象牙細工の小箱に毒のついたバネを仕込む。

彼女は自分自身を架空の犯罪の標的に仕立てて、本物の事件で窮地におちいっているぼくたちを救い出そうとしているんだ。その目的のために、リーナと謎の男を利用した。

ぼくはシェパードに聞かせるために声に出した。

「カルバートン・スミス。ホームズ物語に出てくるんです。ぼくたちは危険にさらされてます。まずい、箱を扱うときは手袋をするように警察の人に伝えてください。厚手の手袋を」

ありがたいことに、彼はぼくの言葉を真剣に受け取ってくれた。

「電話してくる。だが、戻ってきたら、すぐに説明してもらうぞ」

刑事が部屋から出ていったので、ぼくはホームズに言った。

「きみは天才だ」

テーブルの向かい側で、ホームズは偽の心配顔から本物の満足顔に変わった。

「知ってのとおり、《瀕死《ひんし》の探偵》は非常にすばらしい物語だ。論理の練習になるはずのものを、相棒に対する感傷的な文学の衣ですっかりくるんでしまったワトスン博士は哀れだがね」

ぼくにとって《瀕死の探偵》は、ホームズ物語の中でも読むのが一番つらい作品であり続けている。できが悪いからじゃない。話の舞台は一八九〇年。ベイカー街を離れて妻と暮らしていたワトスン博士が緊急呼び出しを受け、シャーロック・ホームズの寝室に駆けつける。探偵は強い伝染性を持つ珍しい病気に冒されてベッドに伏していた。本人によると、その病気は近所に住む熱帯病の専門家であるカルバートン・スミスにしか治せないという。ただし、スミスは殺人の罪でホームズに告発されていて、彼を憎んでいる。殺人事件の被害者は、ホームズと同じ病気に感染して死亡したのだった。それでもホームズはワトスンに、唯一の希望であるスミスをとにかく連れてくるようにと主張する。専門家をどうやって連れてくるかについて、とても奇妙な指示をホームズが錯乱したようにしゃべるあいだ、ワトスンはテーブルに置いてあった象牙細工の小箱をなにげなく手に取る。とたんにホームズから、箱をおろして二度と手を触れるな、と怒鳴られてしまう。

ワトスンは無二の親友が死にかけているものだとずっと思っている。そこが、読んでいてつらい。ホームズが幻覚に影響されて言ったとしか思えない指示をワトスンが忠実に守ろうとするところは、なおさら胸が痛む。それが信頼によるものか、友情の証《あか》しか、昔からの習慣なのかわからないけれど、ワトスンは正気とは思えない指示に愚直にしたがい、最後にはクローゼットの中に隠れてスミスの来訪を待つことになる。やがて、スミスが部屋に入ってくる。ガス灯は薄暗い。高熱のホームズはベッドで苦しげに汗をかいている。熱帯病の専門家は部屋に自分と探偵しかいないと考え、ほくそ笑み始める。例の象牙細工の小箱は、彼が郵送したものだったのだ。箱には病原菌のついたとがったバネが組みこまれ、気づかずに開けたホームズを刺す仕掛けになっている。相手が瀕死状態だと考えたスミスが自分の犯罪を白状したあと、ホームズは彼にガス灯を明るくしてほしいと頼む。それは合図だった。たちまち外で待機していたスコットランド・ヤードのモートン警部が部屋に飛びこんできて、会話をすべて聞いていたワトスンもクローゼットから出てくる。スミスは刑務所へ引っぱられていくのだった。

そして、ホームズは？　もちろん病気などではない。症状を装ったのだ。外見が骨と皮になるよう三日間飲まず食わずですごし、さらに舞台メイクを応用していかにも死ぬ一歩手前であるように見せかけた。小箱に関しては、もちろん彼に危険はなかった。届いた小包を開ける前にいつも決まって徹底的に調べることを、ホームズはワトスンに思い出させる。

シャーロット・ホームズは《瀕死の探偵》を細部まで解体して彼女自身のストーリーに再構成し、それを実行するためにリーナを計画に引き入れた。でも、スキーマスクの男はだれだろう？　トムか？　ありそうもないな。どっちにしても彼女の作ったストーリーは、いかにもシャーロックに取りつかれた殺人者が考えついて、ぼくたちに行使しそうなものだった。

シャーロット・ホームズの卓越した知力を目の当たりにしながら、ぼくはつい別のことを考えていた。ぼくのひいひいひいおじいちゃんは、相棒をどんなにか信頼していたんだろうって。確か、牡蠣《かき》だった。ワトスン博士に指示を告げるとき、シャーロック・ホームズは偽りの〝幻覚〟の中で牡蠣なんかのことをわめき散らす。

それでも、ワトスン博士は相棒として名探偵の指示に正確にしたがった。

ぼくは思いをめぐらせた。警察署でライブ放送された事情聴取のこと。ふたりの目の前でテーブルに開かれたままの小さなノートのこと。ホームズがこの窮地から救ってくれるだろうかと心配しながら、一方では、彼女の無実を疑っていたこと。

たった今、ホームズはこの窮地からぼくたちを救い出してくれた。どれほど脳みそが疑念を訴えようと、心のほうは彼女が殺人者でないことをわかっていた。

「きみを信じなくて、ごめん」

ぼくは低い声で言った。ぼくのホームズに。

彼女は首を振った。

「計画がうまくいくには、きみの本物の驚きが必要だった」

「細かい部分の話じゃないんだ。細かいことなんか話してくれなくていい。ぼくが言いたいのは、二度ときみを疑ったりしないってことなんだ」

ぼくはテーブルごしに手を伸ばし、彼女の手に重ねた。

彼女がぼくを読み取ろうとしているのがわかった。ぼくの表情、首の傾き、椅子のすわりかた、指の動き、髪の乱れ。すべてを観察し、見たものから推理し、最後に彼女自身も予想していなかった結論にたどり着いたらしい。彼女はわずかな驚きとともに言った。

「きみは本気だ。本当に疑わないと決めたんだな?」

ぼくの隣で父が咳払いをした。ぼくはちらとも目を向けなかった。

シェパードがチームへの電話を終えて戻ってきたので、ぼくたちはカルバートン・スミスの素性を話して聞かせた。彼からの話は、ぼくたちがとっくに知っていることだった。象牙細工の箱にバネが仕込まれていて、ふたをスライドさせたとたん突き刺すようになっているのを、警察が発見したそうだ。バネに塗布されていたのは、伝染性の熱帯病菌。警察のラボによると、正確な原産地は不明だがアジア由来ではないかと見ているらしい。その種のサンプルは管理が厳重なので、過去にサンプルに接する申請をした地元の研究者を探したものの、今のところひとりも見つかっていない。（ずっとあとになって、サンプルをどうやって手に入れたのかをホームズにきいてみた。マイロと、疾病対策予防センター勤務の元彼女が関係していて、〝手段を選ばず〟にどうこうしたという話だった）

シェパードが言った。

「これでわたしの容疑者リストはパーだ。となれば、第二の選択肢に戻ろう。きみたちを罪におとしいれようと躍起になっている人物だ。いったいだれがきみたちを狙うのか、話してもらう必要があるな。それから署に連絡して、ふたり分の監房の予約を取り消さないと。少なくとも今夜は使いそうにない」

つまり、彼はぼくたちを逮捕する予定だったんだ。ホームズが言った。

「われわれにも協力させてください。わたしはスコットランド・ヤードの正式な情報提供者ですし、ワトスンともども……」

名字で呼び合う関係に戻れたのはうれしい。

「……殺人犯の手口に通じています。シャーロック・ホームズ物語に関係する以上、これほどの適任者はいません。言うまでもなく、われわれならシェリングフォード高校で非公式に生徒たちに質問しても怪しまれませんし、しかも、あなたは優秀な科学者と割と勇敢なボクサーを手に入れられるんですよ。自信を持っておすすめします」

「だめだ。絶対にいかん」

ホームズが肩をすくめる。この反応は予想していたようだ。

「それでは、こちらは独自の調査をして、犯人を捕らえたあとは妥当と思われる対応を取ります」

「そんな自警団めいた正義をちらつかせればわたしが協力を受け入れると、本気で思っているのか？　きみはまだ子どもだ。海のあっち側の警察がどれほどなりふりかまわないか知らんが、こっち側のわれわれは規則どおりにやるまでだ。自分たちが容疑者でなくなっただけでも十分じゃないか？　きみとジェイミーをわざわざ危険にさらす理由など、わたしには見いだせない」

「でしたら、もう一度スコットランド・ヤードに電話して、わたしがグリーン警部補との会話に最後までつき合った結果がどうなったか、きいてみてください。彼女が話したがらなかったら、冷凍室のことも食肉用フックのことも、殺人者が戻ってくる二分前にどうやってわたしが彼女を発見したかも知っていると伝えてください。彼女があんなに石頭でなければ、わたしはもっと早く現場に着けたんです。その前の年に三百万ポンド相当の宝石を取り戻したとき、すべての手柄を彼女に譲ったというのに」

　彼女はあくびをした。

「でも、電話は朝にしてください。わたしはもうくたくたなので」

「しかし……」

「ワトスンさん、おいしい夕食でした。わたしたちを寮まで送っていただけませんか？」

ホームズは返事も待たず、ドレスのすそをひるがえしてガレージへと消えた。

　劇的な退場のあとには、ぼくの上着と彼女の携帯電話が残された。ぼくは従者っぽくならないように注意しながら、それらをかき集めた。

「あの子は扱いにくい」

シェパードが半分感心、半分お手上げみたいな調子で言った。

　父が笑いながら車のキーに手を伸ばした。

「ホームズ一族ですからな。彼女はまだましなほうです」


（下巻に続く）

〈シグマフォース〉シリーズ⓪
ウバールの悪魔　上下
ジェームズ・ロリンズ／桑田 健［訳］

神の怒りで砂にまみれて消えた都市〈ウバール〉。そこには、世界を崩壊させる大いなる力が眠る……。シリーズ原点の物語！

〈シグマフォース〉シリーズ①
マギの聖骨　上下
ジェームズ・ロリンズ／桑田 健［訳］

マギの聖骨――それは〝生命の根源〟を解き明かす唯一の鍵。全米200万部突破の大ヒットシリーズ第一弾。

〈シグマフォース〉シリーズ②
ナチの亡霊　上下
ジェームズ・ロリンズ／桑田 健［訳］

ナチの残党が研究を続ける〈釣鐘〉とは何か？ ダーウィンの聖書に記された〈鍵〉を巡って、闇の勢力が動き出す！

〈シグマフォース〉シリーズ③
ユダの覚醒　上下
ジェームズ・ロリンズ／桑田 健［訳］

マルコ・ポーロが死ぬまで語らなかった謎とは……。〈ユダの菌株〉というウィルスが起こす奇病が、人類を滅ぼす⁉

〈シグマフォース〉シリーズ④
ロマの血脈　上下
ジェームズ・ロリンズ／桑田 健［訳］

「世界は燃えてしまう――」〝最後の神託〟は、破滅か救済か？ 人類救済の鍵を握る〈デルポイの巫女たちの末裔〉とは？

〈シグマフォース〉シリーズ⑤
ケルトの封印 上下
ジェームズ・ロリンズ／桑田 健［訳］

癒しか、呪いか？ その封印が解かれし時
――人類は未来への扉を開くのか？ それ
とも破滅へ一歩を踏み出すのか……。

〈シグマフォース〉シリーズ⑥
ジェファーソンの密約 上下
ジェームズ・ロリンズ／桑田 健［訳］

光と闇の米建国史――。アメリカ建国の歴
史の裏に隠された大いなる謎……人類を滅
亡させるのは〈呪い〉か、それとも〈科学〉か？

〈シグマフォース〉シリーズ⑦
ギルドの系譜 上下
ジェームズ・ロリンズ／桑田 健［訳］

最大の秘密とされている〈真の血筋〉に、
ついに辿り着く〈シグマフォース〉！ 組
織の黒幕は果たして誰か？

〈シグマフォース〉シリーズ⑧
チンギスの陵墓 上下
ジェームズ・ロリンズ／桑田 健［訳］

〈神の目〉が映し出した人類の未来、そこに
は崩壊するアメリカの姿が……「真実」と
は何か？「現実」とは何か？

〈シグマフォース〉シリーズⓍ
Σ FILES 〈シグマフォース〉機密ファイル
ジェームズ・ロリンズ／桑田 健［訳］

セイチャン、タッカー＆ケイン、コワルス
キのこれまで明かされなかった物語＋Σを
より理解できる〈分析ファイル〉を収録！

〈シグマフォース〉外伝
タッカー&ケイン　黙示録の種子　上下
ジェームズ・ロリンズ／桑田　健［訳］

〝人〟と〝犬〟の種を超えた深い絆で結ばれた元米軍大尉と軍用犬――タッカー&ケイン。〈Σフォース〉の秘密兵器、遂に始動！

THE HUNTERS
ルーマニアの財宝列車を奪還せよ　上下
クリス・カズネスキ／桑田　健［訳］

ハンターズ――各分野のエキスパートたち。彼らに下されたミッションは、歴史の闇に消えた財宝列車を手に入れること。

タイラー・ロックの冒険①
THE ARK　失われたノアの方舟　上下
ボイド・モリソン／阿部清美［訳］

旧約聖書の偉大なミステリー〈ノアの方舟〉伝説に隠された謎を、大胆かつ戦慄する解釈で描く謎と冒険とスリル！

タイラー・ロックの冒険②
THE MIDAS CODE　呪われた黄金の手　上下
ボイド・モリソン／阿部清美［訳］

触ったもの全てを黄金に変える能力を持つとされていた〈ミダス王〉。果たして、それは事実か、単なる伝説か？

タイラー・ロックの冒険③
THE ROSWELL　封印された異星人の遺言　上下
ボイド・モリソン／阿部清美［訳］

人類の未来を脅かすUFO墜落事件！　全米を襲うテロの危機！　その背後にあったのは、1947年のUFO墜落事件――。

女子高生探偵
シャーロット・ホームズの冒険　上
A Study in Charlotte

2016年9月7日　初版第一刷発行

著……………………………… ブリタニー・カヴァッラーロ
訳………………………………………………………… 入間 眞
カバーイラスト…………………………………… 鳴見なる
ブックデザイン……………………………… 柴田昌房（30A）

発行人…………………………………………………… 後藤明信
発行所…………………………………………… 株式会社竹書房
〒102-0072　東京都千代田区飯田橋2－7－3
電話　03-3264-1576（代表）
03-3234-6208（編集）
http://www.takeshobo.co.jp
印刷・製本…………………………………… 凸版印刷株式会社

ISBN978-4-8019-0737-9　C0197
Printed in JAPAN